Weihnachten
im
Hotel

AF187328

BoD™
BOOKS on DEMAND

Alexander H. Fabian

Weihnachten im Hotel

Ludwig
Lahnfelder
trifft
die Liebe

Roman

Bibliografische Information der Deutschen Nationalbibliothek:
Die Deutsche Nationalbibliothek verzeichnet diese Publikation in
der Deutschen Nationalbibliografie; detaillierte bibliografische Daten
sind im Internet über http://dnb.dnb.de abrufbar.

Umschlaggestaltung: zero-media.net, München unter
Verwendung eines Motivs von FinePic®, München

Herstellung und Verlag:
BoD – Books on Demand, Norderstedt.

ISBN: 9783748101413

Für meine Eltern.

1

Ludwig Lahnfelder beteuerte wiederholt seiner Tochter Anna, wie sehr er sich auf die Weihnachtsfeier mit ihr und ihrer Familie freue. Er tat dies, obwohl er wusste, dass er den Heiligen Abend diesmal sicher nicht mit seiner Tochter verbringen würde. Es war der 23. Dezember, neun Uhr Vormittag. Der Himmel war wolkenverhangen, die Temperatur kratzte knapp am Gefrierpunkt und der Schnee sollte in den nächsten Stunden Wien erreichen. Einen Augenblick lang blickte Ludwig auf das Handy-Display. Das schlechte Gewissen kroch in ihm hoch und setzte sich am rechten Ohr fest wie ein Hinweis, seine Entscheidung noch einmal in Ruhe zu überdenken. Ludwig ließ sein Handy auf den Esstisch zwischen dem Zeitungsstoß und dem Tablet fallen, strich mit der Hand über seine Ohrmuschel und eilte entschlossenen Schrittes ins Schlafzimmer. Er ging am Ehebett vorbei auf den riesigen Kleiderschrank zu. Seit acht Monaten hatte Ludwig nur seine Hälfte, die rechte, die sich näher an der Tür befand, benutzt. Die linke Betthälfte war unberührt. Als hätte unmittelbar davor jemand die Tuchent aufgeschüttelt und das Bett frisch gemacht. Er warf einen langen Blick auf das Hochzeitsfoto, das in einem Silberrahmen auf der Eichenholzkommode stand. Umringt von den Fotos seiner Tochter Anna, ihrem Mann Günter und seinen beiden Enkelkindern Lena und Lorenz. Mit etwas Abstand lachte ihm sein Sohn Alexander entgegen. Er lebte als Illustrator in Barcelona und wollte die Weihnachtsfeiertage mit seiner Freundin dort verbringen. Am Meer, dachte Ludwig, und spürte einen schalen Geschmack auf der Zunge. Als ob da jemals Weihnachtstimmung aufkommen könnte, ohne Schnee und dem Duft frischer Tannennadeln. Er öffnete den Kleiderkasten. Der rote Mantel seiner Frau fiel ihm entgegen und landete auf dem Parkettboden. Ihr Lieblingsstück. Von allen anderen Kleidungsstücken hatte er sich bereits getrennt. Wenn seine Frau den Mantel mit ihrer schwarzen Wollmütze und dem grauen Schal getragen hatte, hatte sie wie eine Französin ausgesehen. Ludwig hätte an solchen Tagen stundenlang vor ihr sitzen und sie betrachten können. Wie ein Maler war er sich dann vorgekommen, ein alter Meister, der seine Muse eingehend studierte. Und jede Einzelheit wie ein gut behütetes Geheimnis in seinen Gedanken verschloss und erst danach zu Pinsel und Leinwand griff. So vollendet schön erschien seine Frau ihm in diesen stillen Momenten. Bevor er den Mantel wieder auf den Kleiderbügel in den Kasten hängte, warf er ihr auf dem Hochzeitsfoto einen vorwurfsvollen Blick zu. Warum hast du mich bloß allein zurückgelassen?

Sodann schob er mit einer Hand die Kleidungsstücke im Kasten zur Seite und fasste mit der anderen nach dem Griff des betagten Reisekoffers, der sich in der hintersten Ecke befand. Er wuchtete das Gepäckstück auf seine Doppelbetthälfte. Diesen Lederkoffer hatte er vor vierzig Jahren zum Abschluss des Studiums von seinen Eltern geschenkt bekommen. Gemeinsam mit drei Tausend-Schilling-Scheinen und einem Brief mit der eindringlichen Aufforderung, die Welt zu entdecken. Auf seiner siebten Reise hatte er im Speisewaggon eine Frau angesprochen und sie auf ein Glas Rotwein eingeladen. Wenige Bahnkilometer später berührten sich ihre Lippen zum ersten Mal. Auf dem Bahnsteig des „Gare de Lyon" in Paris fanden sich ihre Hände und ihre Finger verschränkten sich wie ein lebenslanges Versprechen ineinander. Von diesem schicksalsträchtigen Tag an entdeckten Ludwig und seine Frau gemeinsam die Welt. Der viel zu kleine, schwere Lederkoffer wurde im Keller verstaut und durch einen Größeren ersetzt.

Vor einer Woche war Ludwig in den Kellner gestiegen und hatte das Geschenk seiner Eltern wieder aus der Dunkelheit geholt. Zurück ins Leben, während seine Frau in den Tod voraus gegangen war, ins Licht, wie er felsenfest überzeugt war. Er hatte bisher keine Antwort darauf gefunden, warum er den Lederkoffer wieder hervorgekramt hatte, aber es schien richtig. Die Stille, die sich mit einer unsichtbaren Schwere in allen Zimmern der Villa eingenistet hatte, wurde ihm gewärtig. Ludwig schien, als sei ein Teil des Hauses mit seiner Frau mitgestorben und der Tod wolle nach und nach Besitz von allem ergreifen. Allein der Besuch seiner

Enkel, ihr unbeschwertes Lachen wies diese Trostlosigkeit in die Schranken und drängte sie Stück für Stück zurück. Um seine tristen Gedanken zu verscheuchen, zog er mit flinken Handgriffen an den Kofferschnallen, die mit einem lauten Klacken aufsprangen. Er hob den Deckel und ein Schwall muffiger Luft schlug ihm entgegen. Fast kam es ihm vor, als hätte der Koffer jahrelang darauf gewartet, sich endlich dieses abgestandenen Geruchs zu entledigen, um Platz für neue Abenteuer zu schaffen. Ludwig nickte seinem Koffer wie einem alten Bekannten zu und begann seine Kleidungsstücke ohne Eile darin zu verstauen.

Die gefütterte Kappe mit den Ohrenklappen auf dem Kopf, seinen Mantel zugeknöpft und seine Winterstiefel übergezogen, trat Ludwig vor der Haustür von einem Bein auf das andere. Es musste abgekühlt haben, die Temperatur lag seiner Einschätzung nach nun unter dem Gefrierpunkt und die graue Wolkenwand war noch dicker geworden. Den Lederkoffer hatte er neben einen verwaisten Blumentopf gestellt. Nervös blickte er auf das Display seines Handys. Er ärgerte sich über seinen besten Freund Kurt, der ihn eigentlich vor zehn Minuten mit seinem Wagen hätte abholen sollen. Weit und breit war nichts von ihm zu sehen. Ludwig wurde langsam ungeduldig und grantig. Nicht nur weil Kurt sich verspätete, sondern auch weil seine Nachbarin, Frau Kutschera, schon seit zehn Minuten am Fenster hinter dem durchsichtigen Spitzenvorhang lauerte und ihn beobachtete. Er kam sich wie der Orang-Utan im Schönbrunner Tiergarten vor. Frau Kutschera war die Straßenzeitung im Viertel. Wenn sie etwas hörte, wussten es ein paar Stunden später die Nachbarn. Neuerdings bediente sie sich neben des Telefons auch der digitalen Medien. Nicht nur, dass sie in sozialen Netzwerken aktiv war, sie betrieb mit vollem Eifer ihren eigenen Blog „Nette Nachbarn", in dem sie täglich den neuesten Tratsch veröffentlichte. Am meisten störte ihn aber, dass Frau Kutschera ihn seit dem Tod seiner Frau fast wöchentlich zu Kaffee und Kuchen einlud. Er hatte bisher immer abgelehnt. Aufdringliche Person, diese Frau Kutschera, und sofort kam ihm wieder der Orang-Utan in den Sinn. Demonstrativ blickt er lange in Frau Kutscheras Richtung, so wie es der Waldmensch gewöhnlich tat, wenn ihn Tiergartenbesucher anstarrten, und winkte ihr mit ausladender Geste zu. Dabei schnitt er die dümmste Grimasse, die er auf Vorrat hatte. Ertappt ergriff Frau Kutschera die Flucht und verschwand abrupt vom Fenster. Ludwig lächelte triumphierend, fischte sein Handy aus der Manteltasche und drückte Kurts Kurznummer. Er machte sich Sorgen um seinen besten Freund, der sich bisher beständig durch Pünktlichkeit ausgezeichnet hatte.

„Ja?", meldete sich eine kraftlose Stimme. Aus dem Hintergrund drang kein Fahrtgeräusch zu Ludwig, also musste Kurt noch zu Hause sein.

„Wo bist du? Ich stehe seit fünfzehn Minuten in der Kälte und friere mir den Hintern ab."

„Ludwig?"

„Wen hast du erwartet? Das Christkind?".

„Auf dich habe ich ganz vergessen", fuhr Kurt fort und verstummte abrupt. Ludwig hörte ein gequältes Röcheln, als ob sein Freund schwerfällig nach Luft rang.

„Es tut mir leid, Ludwig. Ich hätte dich anrufen sollen", redete Kurt endlich weiter. „Ich liege seit heute Morgen im Wilhelminen-Spital und wie es aussieht, werde ich Weihnachten heuer zum ersten Mal hier feiern. Du wirst alleine fahren müssen."

„Ich fahre nirgends alleine hin. Was ist los?"

„Herzinfarkt. Zum Glück habe ich noch rechtzeitig den Notarzt rufen können! Ein paar Stunden später und du hättest mich auf meinem letzten Gang ins Grab begleiten können."

„Scheibenkleister", kommentierte Ludwig die gegenwärtige Lage seines Freundes. Daraufhin folgte ein betretenes Schweigen.

„Wie kommst du eigentlich darauf, dass ich auf dein Begräbnis gehen würde?", unterbrach Ludwig die Wortlosigkeit.

„Kirchliche Chormusik, Wein und Rindfleisch mit Semmelkren umsonst und als Draufgabe ein paar attraktive Witwen. So etwas lässt du dir auf keinen Fall entgehen", konterte Kurt wie aus der Pistole geschossen.

Ludwig schmunzelte und strich sich seine grauen Haare aus dem Gesicht.

„Bist du gut versorgt oder brauchst du etwas?", erkundigte er sich in fürsorglichem Ton.

„Ein neues Herz und fünfzig Jahre Aufschub wären nicht schlecht. Ob mir den der Sensenmann gewährt, wage ich zu bezweifeln", stellte Kurt trocken Forderungen, um dann fortzufahren:

„Danke. Es geht mir gut. Mein Sohn und meine Schwiegertochter bringen mir alles Nötige vorbei. Sie machen sich wirklich Sorgen um mich. Echt rührend. Das muss ich ausnutzen."

„Ja, lass dich verwöhnen. Ich werde sofort das Hotel stornieren und dich am Nachmittag besuchen", erklärte Ludwig mit ruhiger Stimme. Insgeheim war er froh darüber, die Reise absagen und die Feiertage nun doch mit seiner Tochter und deren Familie verbringen zu können. So vermied er Konflikte und alles nahm seinen gewohnten Lauf.

„Du wirst gar nichts stornieren. Du fährst ohne mich! Schließlich habe ich das Hotelzimmer bereits bezahlt."

„Was mache ich mutterseelenallein in dem Hotel?"

„Du hattest ein hartes Jahr. Geh in die Sauna, lass dich massieren und tue in Teufels Namen alles, was Gott verboten hat."

„Aber es war deine Idee, zu Weihnachten wegzufahren. Und ich w …"

„Ludwig Lahnfelder, du bist mein bester Freund. Setz dich verflixt nochmal in den nächsten Zug und fahr ins Waldviertel! Du weißt, dass man ein Geschenk seines besten Freundes nicht ablehnt.“

Ludwig öffnete den Mund, um Kurt zu entgegnen, doch dieser ließ ihm keine Zeit dazu.

„Keine weitere Diskussion! Ich muss jetzt aufhören. Vor mir steht eine Armada von Ärzten, die darauf brennen, meinen vollendeten Körper zu betrachten und mich betatschen zu dürfen. Gute Reise und wir sehen uns nach Weihnachten!“

Gleich darauf hörte Ludwig das Freizeichen. Verdutzt stand er da. Frau Kutschera hatte wieder Position hinter ihrem Vorhang bezogen und lugte zu ihm hinüber. Was sollte er bloß tun? Unschlüssig warf er einen Blick zum Fenster von Frau Kutschera. Sie fragte sich sicherlich, auf wen Ludwig im Garten mit dem Koffer wartete. Sogleich würde sie das Fenster öffnen und ihn mit Fragen nerven. Aus dem Augenwinkel entdeckte er ein Taxi, das die Straße entlang fuhr. Ludwig packte seinen Lederkoffer, eilte auf das Gartentor zu, streckte seine freie Hand in die Höhe und winkte den Wagen herbei. Ludwig hatte sich entschieden, das Geschenk seines besten Freundes anzunehmen und Weihnachten im „Hotel Gärtner“ im Waldviertel zu verbringen.

2

Während der Zugfahrt blickte Ludwig die meiste Zeit aus dem Fenster und beobachtete, wie die schneelose Landschaft vorüberzog. Wälder, brachliegende Felder und karge Wiesen wechselten sich ab und tauchten die Umgebung in eine anmutige Schwermut, die Ludwig genoss. In Verbindung mit dem monotonen Rattern des Zuges, fühlte er sich schon nach wenigen Minuten so entspannt wie lange nicht mehr. Zeitweise fielen ihm die Augen zu und er nickte ein. Meist nur für ein Weilchen, um dann wieder aufzuwachen, wie in Trance abermals hinauszuschauen, schläfrig zu werden und erneut im Traumland zu verschwinden. Wie ein endloser Reigen erschien Ludwig das sich wiederholende Spiel. Mit tiefem Bedauern musste Ludwig billigen, dass der Zug nach zwei Stunden und fünfzehn Minuten in der Endstation im Bahnhof Gmünd einfuhr. Ausgeruht stand er erst auf, nachdem das Schienenfahrzeug gehalten hatte. Er nahm seinen Mantel vom Gepäcksträger und zog ihn über. Danach griff er nach seiner Kappe, setzte sie auf und rückte sich mit beiden Händen die Ohrenklappen zurecht. Rüstig ergriff er den Lederkoffer. Als er die Waggontür öffnete, brannte die eisige Luft auf der Haut. Ludwig nahm einen tiefen Atemzug und fühlte sich schlagartig putzmunter. Er schaute sich am Bahnsteig um, aber außer dem Schaffner war er der Einzige, der in Gmünd ausgestiegen war. Die weiße

Bahnhofsuhr mit den schwarzen Zeigern zeigte zwanzig Minuten nach Mittag an. Wie zur Bestätigung begann Ludwigs Magen fürchterlich zu knurren. Er spazierte über den Bahnsteig auf das trostlose Bahnhofsgebäude zu, durchschritt die Wartehalle und beschloss, ein Gasthaus zu suchen. Gemächlich schlenderte er die Bahnhofsstraße Richtung Stadtplatz. Neugierige Blicke der vorbeifahrenden Autofahrer begleiteten ihn auf dem Weg. Nach zehn Minuten erreichte Ludwig den Stadtplatz. Sofort fielen ihm das alte Rathaus und die beiden Sgraffito Häuser aus dem sechzehnten Jahrhundert auf. Ihre kunstvoll gestalteten und bemalten Fassaden mit den deutlich sichtbaren Zinnen unterschieden sie von den anderen Häusern. Szenen aus dem Alten Testament und der griechischen Mythologie waren in den Fassaden der beiden Bauwerke eingearbeitet und trotzten der Vergänglichkeit. Ludwig bewunderte die prachtvollen Gebäude, bis sein Magen sich wieder meldete. Da ihm kalt war, steuerte er das nächstbeste Gasthaus an. Auf dem gusseisernen Schild über der Eingangstür stand in roten Buchstaben „Gasthaus Edinger".

Ludwig schob die massive Holztür auf und trat in die Gaststube. Er hörte, wie eine lebhafte Diskussion sogleich verstummte und ihn fünf Augenpaare vom Kopf bis Fuß musterten. Hinter der Theke hantierte der Wirt an einer Espressomaschine. Es roch nach heißem Fett, Schweinsbraten und Gemütlichkeit.

„Grüß Gott!", sagte Ludwig freundlich, nickte den fünf Männern am Stammtisch flüchtig zu, und entschied sich für einen freien Vierertisch am Fenster. Er legte seinen Mantel über eine Sessellehne, bettete darauf seine Kappe und schob den Koffer an die Wand. Der Stuhl parallel zum Fenster sprach ihn am meisten an. Von dort konnte er einerseits hinaus auf den Stadtplatz sehen und hatte andererseits die gesamte Gaststube im Blickfeld. Er zog sein Sakko aus und hängte es über den Sessel. Auf dem urigen Holztisch lag ein besticktes weißes Deckchen und darauf stand eine zierliche Blumenvase mit einer roten Rose. Ludwig zählte insgesamt sechs Tische in der Gaststube. Schräg gegenüber fielen Ludwig zwei Frauen auf, die sich leise unterhielten und eine Frittatensuppe löffelten. Auf der weißen Wand hinter ihnen hingen Urkunden der bestandenen Lehrabschlussprüfung und der Konzessionsprüfung des Wirtes. Eine der Frauen hatte ihre langen, roten Haare zu einem Pferdeschwanz zusammengebunden. Sie warf ihm einen spöttischen Blick zu, als sein Blick an ihr haften blieb. Verlegen wandte sich Ludwig ab und spürte, wie sein Gesicht heiß wurde. Bevor er noch lange darüber nachdenken konnte, stand der Wirt schon vor ihm.

„Grüß Gott! Wollen der Herr speisen?", fragte er mit ergebenem Lächeln und hielt ihm die Karte entgegen. Seinen rechten Mundwinkel zog er dabei etwas weiter hinauf als seinen linken. Der Wirt trug Jeans und darüber ein blauweiß kariertes Hemd. Seine Hände waren gepflegt und an seinem linken Ringfinger glitzerte ein goldener Ehering. In seinen blauen Augen lag eine Spur von Trotz, der sein hageres Gesicht einnahm.

„Bitte. Ja", erwiderte Ludwig und griff nach der Karte.

„Heute gibt es als Menü Schweinsbraten mit Semmelknödel oder Saumeisen mit Sauerkraut. Dazu wahlweise Frittatensuppe, Salat oder einen Mohnkuchen", führte der Wirt aus. Er wartete auf Ludwigs Reaktion, der aber nur die Karte aufschlug und darin las.

„Sie wollen wohl noch in Ruhe schauen. Gut. Was hätte der Herr gerne zu trinken?"

„Ein Seidel."

„Zwettler oder Schremser?"

„Schremser."

Der Wirt tippte es in seinen elektronischen Notizblock und entfernte sich schnellen Schrittes. Ludwig überflog die Hauptspeisen. Als der Wirt ihm das Seidel Bier servierte, bestellte er ein Kalbsschnitzel und eine Frittatensuppe. Ludwig lugte wieder zu den beiden Frauen hinüber. Sie mussten um die fünfzig Jahre alt sein. Die Rothaarige hatte grüne, katzengleiche Augen. Ihr Blick war wach und ihre Lippen voll. Sie trug einen schwarzen Poncho mit orangem Muster, unter dem ihr wohlgeformter Körper zum Ausdruck kam. Ludwig fand ihre Lachgrübchen sympathisch. Ihm fiel auf, dass sie kein Make-up trug. Die andere Frau hatte blond

18

gefärbte Haare, war üppiger und dick geschminkt. Dies unterstrich ihre vulgäre Ausstrahlung. Kurt wäre sofort auf sie abgefahren, sann er, und erinnerte sich, dass sein bester Freund im Krankenhaus lag. Da die Frau mit dem Pferdeschwanz seinen Blick erwiderte, hielt Ludwig ihr diesmal stand. Sie schenkte ihm ein herausforderndes Lächeln und wandte sich wieder ihrer Gesprächspartnerin zu.

„Ihre Frittatensuppe!"

Der Wirt verstellte Ludwig plötzlich die Sicht und knallte ihm die Suppe vor die Nase, die glücklicherweise nicht überschwappte.

„Wünsche Ihnen guten Appetit", sagte er und nickte Ludwig zu.

„Danke!" antwortete Ludwig, griff nach dem Esslöffel, freute sich, wieder freien Blick auf die beiden Frauen zu haben, und aß seine Suppe. Beim letzten Löffel läutete plötzlich sein Handy in seiner Manteltasche. Sogleich waren viele Augen neugierig auf ihn gerichtet. Geschäftig nahm Ludwig es heraus. Auf dem Display schien der Name seiner Tochter Anna auf. Er drückte den Anruf weg und steckte sein Smartphone in die Innentasche des Sakkos. Ludwig stand auf und folgte dem Pfeil, der ihm den Weg zur Toilette wies. Als die Glastür hinter ihm ins Schloss fiel und der Gaststubenlärm gedämpfter wurde, trat Ludwig in die Männertoilette. Er musterte sich im Spiegel und strich sich seine grauen Haare zurecht. Seine blauen Augen unter seinen buschigen Augenbrauen wirkten müde und die Stirnfalten schienen tiefer geworden zu sein. Seinen Dreitagesbart würde er sich im Hotel abrasieren. Er drehte den Hahn auf, bückte sich, ließ Wasser in seine Handschalen fließen und bedeckte sein Gesicht damit. Er genoss das kalte Nass auf seinen Wangen und fühlte sich augenblicklich lebendiger. Anschließend verschwand er in einer Kabine und verschloss die Tür hinter sich. Einige Minuten später versuchte Ludwig den Türriegel zur Seite zu schieben, aber dieser ließ sich keinen Zentimeter bewegen. Aufgebracht rüttelte er daran, zerrte an der Türklinke und hatte sie plötzlich in der Hand. Tolle Leistung – er saß fest. Das konnte doch einfach nicht wahr sein!

„Hallo! Hilfe!", rief er mehrere Male hintereinander und lauschte, ob er Schritte oder andere Geräusche wahrnehmen konnte, die auf einen Retter hindeuteten. Aber niemand kam. Die Toilette lag wohl zu weit von der Gaststube entfernt. Warum hatte er nicht sein Sakko mit dem Handy angezogen, so hätte er wenigstens selbst Hilfe rufen können, haderte er mit sich. Ludwig überlegte, ob er über die Kabinenwand klettern konnte. Vor dreißig Jahren wäre dies eine leichte Übung gewesen, aber in seinem fortgeschrittenen Alter? Der Wirt würde sein unerwartetes Verschwinden gewiss bald bemerken und ihn suchen. Hatte da nicht jemand die Tür geöffnet? Waren das nicht Schritte auf dem Gang? Ja, er hörte es ganz genau. Hohe Absätze klapperten auf dem Fliesenboden.

„Hallo! Hilfe! Ich stecke hier fest!", schrie Ludwig so laut er konnte. Er schloss den Klodeckel und stieg darauf. Dabei stützte er sich mit seinen Händen an den Toilettenwänden ab. Hoffentlich brach die Klomuschel nicht unter seinem Gewicht zusammen. Er linste über den Kabinenrand. Das Stöckelgeklacker erstarb gleich darauf und nur wenige Sekunden später wurde die Tür zögernd geöffnet. Ludwig trat auf die Zehenspitzen und so konnte er über die Toilettenwand hinweg in die großen, erstaunten Augen der hübschen Rothaarigen aus der Gaststube blicken.

„Die Tür klemmt", erklärte er sofort seine sonderbare Haltung.

„Wären Sie bitte so freundlich, den Wirt zu informieren."

Die Frau stand einfach nur gelassen da. Sie versteht kein Deutsch, war Ludwig felsenfest überzeugt.

„Do you speak Englisch? Parlez-vous francais?", versuchte er mit ihr in einer anderen Sprache Kontakt aufzunehmen.

„Ich spreche Deutsch", antwortete die Rothaarige.

„Könnten Sie bitte den Wirt für mich holen. Er soll mich befreien."

„Sicher könnte ich es. Aber ich bin unschlüssig, ob ich es will."

Ludwig traute seinen Ohren nicht. Die Frau erlaubte sich wohl einen Scherz mit ihm. Einen besonders schlechten. Eine bodenlose Frechheit war das.

„Das können Sie wohl nicht ernst meinen. Was erlauben Sie sich? Holen Sie sofort den Wirt!"

„Ihr Ton gefällt mir überhaupt nicht und gegen Drohungen bin ich schon seit meiner Kindheit allergisch", antwortete die Frau unbeeindruckt und rührte sich nicht vom Fleck. Spinnt die? So etwas hatte Ludwig noch nie erlebt. Was bildete sich diese rothaarige Gurke eigentlich ein? Er war kurz davor zu explodieren und fühlte sich auf einmal im Stande, mit einem Satz über die Kabinentür zu springen. Jedenfalls in der Fantasie, aber das half ihm in diesem Moment nicht das Geringste.

„Es tut mir leid. Ich wollte nicht grob erscheinen", versuchte er deshalb zu beschwichtigen, obwohl er die Frau am liebsten zwischen seinen Fingern zermalmt hätte.

„Versetzen Sie sich einmal in meine aussichtslose Lage. Bedaure, wenn ich Sie beleidigt habe. Wären Sie bitte so liebenswürdig und könnten Sie den Wirt verständigen. Ich wäre Ihnen wirklich sehr, sehr dankbar dafür."

„Habe ich vorhin vergessen zu erwähnen, dass ich auch auf Schleimer allergisch reagiere", entgegnete die Rothaarige mit einem mitleidigen Lächeln auf den Lippen.

22

„Das ist hier kein Spiel. Holen Sie auf der Stelle Hilfe, sonst bekommen sie Schwierigkeiten, große Schwierigkeiten", wetterte Ludwig mit vor Zorn rotem Gesicht. Die Frau zupfte an ihrem Poncho und schaute ihm unverhohlen in die Augen.

„Sie sind mir vorhin schon in der Gaststube aufgefallen. Sie haben diesen traurigen, gelangweilten Blick, in dem sich ihr ausgeprägtes Selbstmitleid und ihre unablässige Überheblichkeit widerspiegeln. Deshalb kann es kein Zufall sein, dass gerade Sie jetzt in der Klemme stecken. Diese Abwechslung tut ihnen gewiss gut und bringt eine frische Brise in ihr Leben. Leben Sie wohl!"

Ludwig starrte die Rothaarige entgeistert an. Sie schenkte ihm ein bedauerliches Schulterzucken und schloss die Tür hinter sich.

„Sie sind wohl verrückt! Völlig übergeschnappt!", brüllte er ihr nach. Hatte sie ihn wahrhaftig einfach hängenlassen und ihn obendrein auch noch beleidigt? Er musste hier raus. Sofort. Wenn er sie in die Finger kriegen würde! Außer sich stieg Ludwig vom Klodeckel und rüttelte wütend an der Tür, aber sie ließ sich nicht öffnen. Mit der Faust schlug er verzweifelt dagegen. Unmöglich. Die Rothaarige ließ ihn einfach in der Kabine verrotten. So eine Dreistigkeit hatte er noch nie erlebt. Er malte sich aus, was er der Rothaarigen für Nettigkeiten an den Kopf werfen würde, wenn er sie in der Gaststube zur Rede stellen würde. Er verlor sich so sehr in Gedankenspielen, dass er fast überhörte, wie sich schwere Schritte näherten und die Tür aufgerissen wurde. Der Wirt entschuldigte sich tausendmal. Er hantierte mit einem Schraubenschlüssel geschickt am Türschloss herum und schaffte es, den verkeilten Riegel zu lösen. Gleich darauf befreite er Ludwig. Der bedankte sich und eilte am Wirt vorbei den Gang entlang. Er konnte es kaum erwarten, der Rothaarigen vor all den Gästen so richtig die Leviten zu lesen. Nur mehr drei Stufen, dann hatte er die Glastür zur Gaststube erreicht. Ludwig jagte an der Theke vorbei direkt auf den Tisch der beiden Frauen zu. Er war leer. Aufgewühlt blickte er durch den Raum. Ludwig fühlte sich vor den Kopf gestoßen. Die Rothaarige war nicht nur frech, sondern auch ausgesprochen feige. Er hetzte ins Freie. Er suchte den ganzen Stadtplatz wie mit einem Radar ab. Von den beiden Frauen fehlte jede Spur. Wie von einer beträchtlichen Niederlage gebeugt, trottete Ludwig zurück an seinen Platz in der Gaststube. Sogleich servierte ihm der Wirt das Kalbsschnitzel.

„Entschuldigen Sie", begann Ludwig und deutete auf den Tisch, an dem die beiden Frauen gesessen hatten.

„Die beiden Damen. Sind das Stammgäste von Ihnen?"

„Es tut mir leid. Nein. Sie waren heute zum ersten Mal hier essen. Warum?"

„Nur so. Danke für die Auskunft."

Da Ludwig teilnahmslos nach dem Besteck griff, verließ der Wirt den Tisch und verschwand hinter der Bar. Ludwig beschloss, nach dem Essen ein Taxi zu nehmen, und sich sofort ins Hotel chauffieren zu lassen. Er hatte von dem heutigen Tag die Nase gestrichen voll. Zuerst Kurts Herzinfarkt, dann die Sache in der Toilettenkabine und nun konnte er nicht einmal die Rothaarige ausfindig machen, um ihr gehörig seine Meinung zu sagen. Genug ist genug. Er wollte sich nur mehr in seinem Zimmer verkriechen und eines seiner Bücher lesen. Alleine, am Tag vor dem Heiligen Abend.

3

Mehr und mehr Schneeflocken schwebten vom Himmel und kleideten die Landschaft in unschuldiges Weiß. Ludwig saß auf der Hinterbank des Autos und verfolgte fasziniert das Naturschauspiel. Der Taxifahrer sprach, fast ohne Luft zu holen, in einem durch. Zum Glück besaß er eine angenehme, tiefe Stimme, die Ludwig einlullte. Er sprach beinahe im Tempo der fallenden Schneeflocken. Fielen die weißen Gebilde hurtig zu Boden, redet er in höherem Tempo, tänzelten sie spielerisch auf die Erde, reduzierte er seinen Wortschwall. Mit seinen langen weißen Haaren und dem weißen Rauschebart erinnerte er an den Weihnachtsmann. Es hätte ihn nicht überrascht, wenn der Taxifahrer plötzlich ein lautes Ho! Ho! gerufen, sich die Kleider vom Leibe gerissen hätte und darunter seine rote Weihnachtsmannuniform samt Mütze zum Vorschein gekommen wäre. Gewiss hätte sich das Taxi augenblicklich in eine prächtige Kutsche mit Rentiergespann verwandelt. Sie wären hoch in die Luft gestiegen und über die Häuser geflogen, um die Menschen mit zahlreichen Geschenken zu beglücken. Aber der Weihnachtsmann trug gewiss keinen Silber-Ohrring im fleischigen Ohrläppchen, ebenso steckte er sich keinen Totenkopfring an seinen linken Daumen und ließ sich kein Nasenpiercing stechen. Konnte ihm Ludwig dies noch nachsehen, so war er sich zu hundert Prozent sicher, dass sich kein Weihnachtsmann auf der ganzen Welt jemals „Otto" nennen würde. Mit diesem Namen hatte sich der Taxifahrer bei Ludwig vorgestellt und damit war eigentlich alles klar: Otto war auf keinen Fall der Weihnachtsmann. Dazu kam, dass Ludwig seit seiner Kindheit an das Christkind glaubte und mit dem hatte Otto so überhaupt keine Ähnlichkeit. Ludwig musste über seine albernen Gedanken schmunzeln, die ihn von dem Zwischenfall mit der Rothaarigen ablenkten. Er freute sich auf sein Hotelzimmer. Zuerst würde er eine heiße Dusche nehmen und im Bett den neuesten Roman seines Lieblingsautors lesen. Otto erzählte schon seit einer Viertelstunde von prominenten Sportlern und Showgrößen, die er kreuz und quer durchs Waldviertel gefahren hatte. In seiner Stimme schwang Stolz mit, als hätte er bei jeder Fahrt einen neuen Freund gewonnen. Die Schneeflocken rasten nun mit hoher Geschwindigkeit auf die Erde zu, der Wind blies sie in Böen gegen die Fensterscheibe. Auf den Feldern lagen bereits über zehn Zentimeter Schnee. Otto hatte längst das Tempo reduziert und sie fuhren einige Kilometer die verschneite Bundesstraße entlang. Die Sichtweite betrug maximal zehn Meter, sie schienen in einer weißen Wand aus Schnee und Wind eingeschlossen zu sein. Otto hatte aufgehört zu sprechen, als ob er seine ganze Konzentration aufbringen musste, um der plötzlich einsetzenden Naturgewalt trotzen zu können. Ludwig war froh, dass Otto nicht das Radio eingeschaltet hatte. So war nur das dumpfe, monotone Geräusch der Reifen zu hören, deren Rillen sich in den Schnee gruben und sich den Weg durch die verschneite Landschaft bahnten. Dies funktionierte fünf Minuten ganz gut, als sie aber von der Bundesstraße auf eine Forststraße abbogen und einen langgestreckten Hügel bergauf fuhren, änderte es sich schlagartig. Plötzlich bewegte sich der Wagen keinen Zentimeter mehr. Sie steckten fest. Schon wieder, dachte Ludwig. Zuerst in der Männertoilette und nun im Schnee. Wenigstens war er diesmal nicht alleine.

„Das Hotel ist nur mehr vier Kilometer entfernt. So ein Mist", ärgerte sich Otto und drehte sich zu Ludwig um.

„Ich schau, was los ist."

Mit einem lauten Schnauben zog er sich seinen grünen Anorak über, setzte seine rote Pudelmütze auf und sprang aus dem Auto. Innerhalb von Sekunden war die Windschutzscheibe mit Schnee bedeckt. Ludwig schlüpfte in seinen Mantel, band sich seine Ohrenklappenkappe um und stieg auch aus. Er blinzelte, da ihm Schneeflocken in die Augen jagten. Otto lehnte seelenruhig an der Autotür und zog an seiner Zigarette.

„Ich bin gleich soweit und lege die Ketten an", versicherte er schnell.

„Ist das wirklich nötig? Ich könnte anschieben, so tief stecken wir ja nicht fest."

„Wenn Sie meinen. Versuchen wir es." Otto spuckte die glühende Zigarette aus. Sie brannte ein winziges

Loch in den Schnee und erlosch. Der Taxler stieg in den Wagen, startete den Motor und schaltete den Scheibenwischer ein. Ludwig stand hinter dem Wagen und konnte durch die Heckscheibe Ottos Handzeichen ausmachen. Als dieser den Daumen seiner rechten Hand hob, stemmte Ludwig sich gegen den Wagen. Otto stieg aufs Gaspedal und das Fahrzeug bewegte sich vorwärts. Ludwig drückte mit aller Kraft gegen das Wagenheck. Die Reifen drehten durch, dabei spritzte der Hinterreifen den Schnee Ludwig auf den Mantel und die Hose. Ludwig löste für Sekunden die Hände vom Wagen, da ihn die Schneedusche irritierte. Plötzlich setzte sich das Auto rückwärts in Bewegung und rutschte bedrohlich auf ihn zu. Ludwig trat zwar geistesgegenwärtig einen Schritt zur Seite, aber das rechte Hinterrad rollte dennoch über seine große Zehe.

„Ah! Au!", brüllte Ludwig, während der Schmerz von der Zehe ausgehend seinen Körper durchzog. Er verlor das Gleichgewicht, ruderte hektisch mit den Händen, überschlug sich mehrmals und landete mit dem Gesicht voran im Tiefschnee. Ludwig hob den Kopf, spuckte den Schnee aus und richtete sich etwas benommen auf. Seine Kleidung war durchnässt und er war zornig, diese Reise überhaupt angetreten zu haben. In der großen Zehe hämmerte ein pochender Schmerz.

„Ist bei Ihnen alles in Ordnung?", rief Otto aufgeregt. Er sprang aus dem Wagen und stapfte auf ihn zu. Der Taxifahrer packte Ludwig am Arm und zog ihn hoch. Ludwig spürte nur einen dumpfen Druck am Hintern und die Zehe. Sonst schienen alle seine Knochen heil geblieben zu sein.

„Sie … Sie sind mir über die Zehe gefahren. Die Große", klagte Ludwig. Seine Zähne klapperten vor Kälte. Geschwind klopfte Otto ihm den Schnee von der Kleidung.

„Es tut mir leid", beteuerte Otto.

„Wir hätten doch die Ketten anlegen sollen", nahm Ludwig die Entschuldigung an.

„Kommen Sie. Ihre Zehe müssen Sie unbedingt untersuchen lassen! Ich bringe Sie zum Arzt."

Otto öffnete den Kofferraum. Ludwig suchte im Lederkoffer nach einer anderen Hose und frischen Socken. Außer einer Anzughose hatte er aber nur eine rotkarierte Pyjamahose eingepackt. Mit einem lauten Seufzer griff er nach dieser und ließ sich erschöpft auf die Rückbank fallen. Otto hatte bereits den Motor gestartet und fuhr wieder Richtung Gmünd. Die Autoheizung drehte er hoch, das Geräusch vom Gebläse nahm das ganze Fahrzeug ein. Ludwig zog sich den Mantel aus, stieg aus seinen Stiefeln und begann den Gürtel zu öffnen. Etwas schwerfällig entledigte er sich seiner Hose. Ludwig saß nun in seiner blauen Short da und zog seine rotkarierte Pyjamahose an. Unter dem Mantel würde sie nur unerheblich auffallen, hoffte er. Der trockene Stoff tat gut auf seiner Haut und die Heizung, die nun ihre volle Leistung entfaltete, hüllte seinen Körper in eine wohlige Wärme. Trotzdem fragte er sich, ob die Zehe die Strafe Gottes war, weil er seine Tochter und seine Enkelkinder belogen hatte. Spätestens morgen wollte er mit ihnen Klartext sprechen, damit sie sich nicht unnötige Sorgen machten.

Der Doktor inspizierte Ludwigs Zehe und kam zu der Diagnose, dass sie nicht gebrochen, sondern gequetscht war. Ludwig wunderte sich zwar, wie er dies ohne Röntgen feststellen konnte, aber er war bereit dem Fachwissen des Arztes zu vertrauen. Überdies hatte er keine Lust auf eine Krankenhaus-Ambulanz. Viel lieber ließ er sich seine Zehe verbinden und für den Fall des Falles Schmerztabletten aushändigen. Er war erleichtert, mit einem Fuß in einem Stiefel und dem anderen in einem seiner Badeschlapfen die Praxis zu verlassen. Otto wartete wie versprochen vor der Praxistür. Er chauffierte ihn ohne nennenswerte Zwischenfälle die geräumte Forststraße entlang zum „Hotel Gärtner".

Das prächtige Hotel thronte auf einer Anhöhe. Die digitale Uhr auf dem Armaturenbrett zeigte 18:14 Uhr an. Er hatte also für die Anreise ins Waldviertel über neun Stunden gebraucht. Da hätte er auch nach New York fliegen können. Dann wäre ihm zumindest niemand mit dem Auto über die Zehe gefahren, lästerte Ludwig in Gedanken. Er genoss es, sich selbst zu bemitleiden. Die Lichter des Hotels strahlten weit über die weiße Landschaft. In wenigen Minuten würde er nach einer mühsamen Anreise sein Hotelzimmer betreten. Wurde auch langsam Zeit.

4

Vor dem Haupteingang des Hotels standen zwei breitästige, prächtig geschmückte Weihnachtsbäume. Die Christbaumkugeln und das Lametta waren ganz in Gold gehalten. Durch die Glastür konnte Ludwig in die Hotellobby sehen. Einige Gäste saßen an runden Holztischen in bequemen Lederfauteuils und lasen Zeitung oder wischten auf ihren Smartphones herum. Dazwischen führte ein roter Teppich direkt auf die in Erdfarben gehaltene Rezeption zu. An der Wand hingen abstrakte Bilder in Orange- und Brauntönen.

Am Stephanitag hole ich Sie wie vereinbart ab", versprach Otto und hob den Lederkoffer aus dem Kofferraum.

„Wunderbar. Ich wünsche Ihnen frohe Weihnachten", sagte Ludwig und hielt Otto die Hand hin.

„Danke. Ihnen auch schöne Feiertage.

Die beiden Männer nickten sich zu. Kurz darauf stieg Otto in seinen Wagen, winkte und brauste davon. Als Ludwig sich im Glas der Eingangstür spiegelte, wurde ihm wieder bewusst, dass er seine Pyjamahose und einen Badeschlapfen am rechten Fuß mit dicken Wollsocken trug. Ludwig fühlte sich plötzlich unwohl und unpassend gekleidet für das schicke Hotel. Er wollte ohne großes Aufsehen einchecken und anschließend sofort sein Zimmer aufsuchen. Entschieden griff er nach dem Koffer. Die beiden Türen öffneten sich automatisch. Er humpelte auf dem roten Teppich auf die Rezeption zu. Aus dem Augenwinkel beobachtete er, wie er von den Gästen mit einem Ausdruck von Belustigung gemustert wurde.

„Guten Abend", begrüßte ihn die Rezeptionistin mit leicht tschechischem Akzent und lächelte sympathisch. Die blonden Haare hatte sie zu einem Knoten gebunden. Sie trug eine weiße Bluse.

„Guten Abend", erwiderte Ludwig den Gruß. Auf ihrem Namensschild stand „Nadja".

„Mein Freund Kurt Steiner hat zwei Einzelzimmer reserviert. Leider ist er kurzfristig erkrankt und konnte die Reise nicht antreten."

„Ich hoffe, es ist nichts Ernstes."

„Leider doch, aber er wird es zum Glück überleben."

Die junge Rezeptionistin warf Ludwig einen mitfühlenden Blick zu und überlegte einen Moment.

„In diesem Falle können wir gerne sein Einzelzimmer stornieren und der Betrag wird rückerstattet."

„Das wird ihn sicher freuen. Danke, das ist sehr zuvorkommend von Ihnen", antwortete Ludwig. Nadja tippte etwas in den Computer ein, bat ihn, den Meldezettel zu unterschreiben und händigte ihm eine Schlüsselkarte aus.

„Es freut uns, dass sie unser Hotel gewählt haben. Sie haben das Zimmer 312."

Ludwig unterschrieb. Dabei fiel sein Blick auf den Lift, dessen Türen aufgingen. Eine Frau trat aus der Kabine und kam auf die Rezeption zu. Ludwig traute seinen Augen nicht, als er sie erkannte. Er hielt den Atem an, damit hatte er auf keinen Fall gerechnet. Träumte er? Er wollte sich noch schnell wegdrehen, doch es war zu spät.

„Herr Lahnfelder. Das glaube ich aber nun wirklich nicht. Sie hier", flog ihm ein lauter Wortschwall entgegen. Die Frau trippelte in ihren Stöckelschuhen auf ihn zu. Ludwig blieb nichts andere übrig, als sich ihr zu zuwenden …

„Frau Kutschera! Das … das … ist … ist … schön. Schön."

„Ich feiere jedes Jahr hier Weihnachten ", legte seine Nachbarin sofort los. Sie trug ein lachsfarbenes Kostüm und darunter eine weiße Bluse. Die Perlenkette um ihren Hals und das goldene Armband an ihrer rechten Hand ließen keinen Zweifel daran, dass sie sich im Hotel von ihrer besten Seite präsentieren wollte.

„Ich mag das Ambiente und die einzigartige Atmosphäre hier. Wie Sie wissen, ist mein verstorbener Mann, Alfred, nun schon seit vier Jahren tot. Gott habe ihn selig."

Frau Kutschera schwieg und schien in Gedanken bei ihrem Mann zu sein. Auf ihrer Stirn bildeten sich Sorgenfalten und ihre Augen wurden wässrig. Ludwig befürchtete, sie würde sogleich in Tränen ausbrechen.

Doch Frau Kutschera schüttelte plötzlich den Kopf, so als wolle sie damit auch jede Erinnerung an ihren Mann wegschütteln.

„Die Vergangenheit verklärt man leider im Laufe der Jahre. Eigentlich hat er mich nie gut behandelt. Geizig und jähzornig. Es ist gut so, wie es ist", offenbarte sie. Ludwig war über die unerwartete Wendung des Gesprächs überrascht. Er wusste nicht, was er darauf antworten sollte, deshalb nickte er nur verständnisvoll.

„Seitdem kommen meine Freundinnen Hilde, Erika und ich zu Weihnachten hierher. Wir sind ein eingeschworener Haufen geworden. Wenn Sie wollen, stelle ich Ihnen alle vor."

Frau Kutschera strahlte Ludwig voller Tatendrang an.

„Ja … Danke. Morgen vielleicht. Heute möchte ich einen entspannten Abend auf meinem Zimmer -"

„Sind Sie krank? Weshalb tragen Sie eine Pyjamahose und Badeschuhe?", fiel Frau Kutschera ihm ins Wort und sah verwirrt auf Ludwigs Füße. Sie sprach mit so lauter Stimme, dass alle Anwesenden in der Hotellobby ihre Köpfe zu Ludwig wandten.

„Nur ein kleiner Unfall. Nicht der Rede wert", spielte er seine Verletzung hinunter. Mit einer Handbewegung deutete er, dass er nun endlich den Meldeschein ausfüllen wolle. So lenkte er die Aufmerksamkeit seiner Nachbarin aber nur auf seine Plastikkarte.

„312? Wirklich? Ach, du heilige Eulalia! Ich habe Zimmer 313. Das kann doch kein Zufall sein. Wir schlafen ja quasi Tür an Tür", frohlockte Frau Kutschera und blickte Ludwig vielsagend an. Er zuckte hilflos mit den Schultern. Warum war er nicht in Wien geblieben, um mit seiner Tochter und deren Familie Weihnachten zu feiern. Dieser Urlaub hatte schon mit Kurts Herzinfarkt sehr, sehr unglücklich begonnen. Dann war ihm Otto auch noch über die große Zehe gefahren, ein eindeutiges Warnzeichen. Aber anstatt den Urlaub zu stornieren und die Heimreise anzutreten, hatte er alle Zeichen ignoriert und seine Reise fortgesetzt. Was hatte er nun davon? Sein Urlaub war zum Albtraum geworden.

„Leben Sie sich erst einmal im Hotel ein wenig ein", unterbrach ihn Frau Kutschera bei seinen Gedanken. Dabei lächelte sie ihn an und riss ihren Mund auf, so dass ihre großen Zähne zum Vorschein kamen. Ludwig wich einen Schritt zurück, weil er Angst hatte, sie würde ihn mit Haut und Haar verschlingen.

„Wir sehen uns beim Abendessen. Wenn Sie wollen, können sie eine Viertelstunde vorher an meine Tür klopfen. 313, nicht vergessen! Dann mache ich mit Ihnen eine kleine Hotelführung. Ich kenne alle lauschigen Plätze in diesem verwinkelten Gebäude."

Frau Kutschera zwinkerte ihm zu und stolzierte beschwingt durch die Hotellobby. Ludwig blieb entsetzt zurück und schob der Rezeptionistin den ausgefüllten Anmeldezettel zu. Nadja stand mit offenem Mund da.

Ertappt schloss sie sofort die Lippen, räusperte sich, und nahm das Formular an sich. Dann winkte sie den Hotelpagen heran.

„Konrad, bitte zeige Herrn Lahnfelder das Zimmer." Der Hotelpage machte eine Verbeugung und griff nach dem Koffer.

„Nein, warten Sie!" wandte Ludwig ein und erntete dafür Konrads fragenden Blick.

„Haben Sie noch ein anderes Zimmer frei?"

Ludwig sah Nadja flehend an. Die Rezeptionistin verstand sofort und wandte sich ihrem Monitor zu.

„Am besten ein Zimmer, das so weit wie möglich von 313 entfernt ist", bat Ludwig und erntete von Lisa dafür ein verschwörerisches Grinsen.

„Leider aber kein Einzelzimmer mehr."

„Egal. Ich nehme auch ein Doppelzimmer."

„Im anderen Hotelflügel. Dritter Stock 401."

„Perfekt. Bitte halten Sie meine Zimmernummer geheim. Weder die Polizei noch der Geheimdienst darf davon erfahren. Vor allem aber nicht die Zielperson Frau K...."

Nadja schmunzelte und reichte ihm die Plastikkarte.

„Danke schön. Ich werde Sie in mein Abendgebet einschließen. Sie haben Weihnachten für mich gerettet."

5

Auf dem Doppelbett lagen zwei Schokoladeherzen und eine stilvoll gestaltete Willkommenskarte. Erschöpft fiel Ludwig in den hellbraunen Ohrensessel vor der Balkontür. Er genoss es, endlich alleine zu sein. Sein Lederkoffer stand im Vorraum vorm Kleiderkasten. Gegenüber führte eine Tür aus Milchglas in das geräumige Bad. Die Zimmerwände waren cremefarben gestrichen und harmonierten, wie Ludwig fand, mit den Möbeln aus Buchenholz. Ludwig griff nach einem Schokoladeherz. Voller Vorfreude löste er es aus der Verpackung, biss ungeduldig ab und genoss den bitteren Geschmack der dunklen Schokolade auf seiner Zunge. Dann zog er den durchsichtigen Vorhang zur Seite und blickte auf den zugefrorenen, schneebedeckten Teich, der unterhalb des Hotels lag und beleuchtet war. Am Ufer standen ein paar Holzfässer. Kein Mensch war weit und breit zu sehen. Ludwig öffnete seinen Koffer, nahm Bücher und Zeitschriften heraus und legte sie auf sein Nachtkästchen. Er hatte das Bett gewählt, das näher an der Balkontür stand. Das andere ließ er ebenso unberührt wie das zweite Schokoladenherz. Er ging in den Vorraum und räumte seine Kleider ordentlich in die Regale ein. Er mochte die Stille im Zimmer. Als er seinen Mantel auf einen Kleiderbügel hängte, setzte der Klingelton seines Handys ein. Flink nahm er es vom Tisch.

„Anna. Servus."

„Hallo, Paps. Ich habe schon mehrmals versucht, dich zu erreichen. Hast du die Anrufe nicht gesehen?"

„Doch, doch, aber Kurt ist im Spital. Er hatte einen Herzinfarkt."

„Wirklich? Oje. Und … wie geht es ihm?"

„Den Umständen entsprechend gut. Er wird sich die nächste Zeit wohl schonen müssen.

„Richte ihm bitte die besten Genesungswünsche von mir aus."

„Das mache ich."

„Wann wirst du morgen zu uns kommen? Die Kinder sind schon ganz aufgeregt und freuen sich auf dich."

„Du hast Ihnen wie vereinbart die Geschenke besorgt?"

„Ja. Natürlich. Also, wann wirst du da sein?"

Ludwig spürte, wie sein Herz heftiger in seiner Brust zu schlagen begann und seine Hände feucht wurden. Nun war der Augenblick gekommen, seiner Tochter endlich die Wahrheit zu gestehen. Sie würde enttäuscht sein, es vermutlich nicht verstehen und schlimmstenfalls ein paar Tage nicht mit ihm reden.

„Ab wann passt es für euch?", fragte er, um Zeit zu gewinnen.

„Gegen 17 Uhr sind wir von der Kindermette zurück. So wie immer."

„Also so um 17:30 Uhr?"

„Aber bitte nicht später, denn länger werden wir die beiden bis zur Bescherung nicht bändigen können. Zu Weihnachten mutieren meine beiden Lieblinge immer zu Ungeheuern …"

„Genauso wie Alexander und du. Früher."

„Hat sich Alexander schon bei dir gemeldet?"

„Dein Bruder wird wie jedes Jahr zu Weihnachten abends anrufen."

„Ja. Er hat so seine Gewohnheiten. Gut, Paps. Dann bis morgen. Ich freue mich."

„Anna, …"

Er zögerte und hörte wie seine Tochter auf ein weiteres Wort wartete. Er wollte fortfahren, aber er schaffte es nicht, ihr jetzt die Wahrheit zu sagen. Noch nicht. Morgen hatte er keine andere Wahl mehr."

„Ich danke dir. Für alles."

Ludwig hörte, wie Anna erst einmal schlucken musste, ehe sie darauf antworten konnte.

„Gerne. Es … es … wird auch für mich seltsam sein … Zum ersten Mal Weihnachten ohne Mutti … Aber wir haben zum Glück die Kinder … ihre Freude wird mir den Schmerz nehmen … ein wenig."

„Sie …"

Ludwigs Stimme versagte und eine Träne lief über seine Wange.

„Es tut mir leid, Paps. Ich wollte jetzt eigentlich nicht über sie sprechen."

„Ist schon gut. Wir hören uns morgen, Liebes."

„Du weißt, du kannst mich jederzeit anrufen …"

„Ja. Danke."

Ludwig beendete das Telefonat und legte das Handy aufs Nachtkästchen. Er streckte sich am Bett aus und starrte gedankenverloren auf den Plafonds. Seit dem Tod seiner Frau fühlte er sich wie in einer überdimensionalen Käseglocke eingeschlossen. Dumpf und von den anderen abgeschnitten. Zum ersten Mal hatte er keinen Plan, wie sein Leben weitergehen sollte. Das machte ihm große Angst. Erst jetzt nahm Ludwig die Lichter und Schatten auf dem Plafond wahr. Er setzte sich auf und begann seine Socken auszuziehen. Mit dem rechten Fuß ging er ganz behutsam vor. Er löste den Verband und betrachtete seine blaue, angeschwollene Zehe. Das Schmerzmittel wirkte und sie fühlte sich genauso taub wie sein Leben an. Er zog sich aus und verschwand im Badezimmer. Ludwig spielte ein paar Sekunden mit den Armaturen, bis er die richtige Wassertemperatur eingestellt hatte. Erst dann stieg er in die Duschkabine, stemmte die Hände gegen die Wand und stellte sich unter den Brausekopf. Mit geschlossenen Augen ließ er das Wasser über seinen Nacken fließen. Wie eine warme Decke schmiegte es sich an seinen Körper und umschloss ihn. Er genoss das Prasseln auf seiner Haut. Als er die Augen öffnete, stach ihm sein linker kleiner Finger ins Auge. Nur drei schmale Glieder mit einem rundgefeilten Nagel. Aber ein kleiner Finger war es, der das Leben seiner Frau und sein eigenes bis in die Grundfes-

42

ten erschüttert hatte. Vor fünfzehn Jahren, als der kleine Finger seiner Frau kaum sichtbar zu zittern begonnen hatte. Anfangs mit mehrstündigen Pausen, so als würde das Zittern wieder verschwinden und nie mehr zurückkehren. Deshalb hatte es seine Frau wohl zunächst kaum beachtet und ihm gegenüber nicht erwähnt. Monatelang. Ebenso wenig wie die Riechstörungen, die Verstopfungen und die Schlafstörungen. Trotz ihrer Sprachlosigkeit bebte ihr Finger unablässig und bald danach ihre ganze Hand. Ludwig presste schlagartig Luft aus, um die schmerzliche Erinnerung zu verscheuchen. Er drehte den Wasserhahn zu, öffnete die Duschkabinentür und griff nach dem orangen Badetuch. Sorgfältig trocknete er sich ab. Ludwig wollte gerade das Handtuch an den Haken hängen, da klopfte es plötzlich an seiner Zimmertür. Sein erster Gedanke war, dass ihn Frau Kutschera aufgespürt hatte. Er blieb still stehen und horchte auf das neuerliche Klopfen, dass diesmal heftiger und lauter ausfiel. Was nimmt sich diese taktlose Person heraus, ärgerte sich Ludwig. Er schlüpfte, getrieben von einem leisen Zorn, schnell in seinen Bademantel. Damit war nun ein für alle Mal Schluss, schwor er sich. Er musste Klartext mit Frau Kutschera reden. Er riss die Tür auf.

„Was bilden Sie sich eigentlich …?", setzte Ludwig bereits an, um Frau Kutschera zurechtzuweisen. Doch vor ihm stand nicht seine aufdringliche Nachbarin, sondern ein fremder Herr Mitte sechzig. Der Mann trug nur eine weiße Rippunterhose. Sein Oberkörper war penibel rasiert und braun gebrannt. Für sein Alter war er ausgezeichnet in Form. Die grauen, langen Haare hingen ihm wirr ins Gesicht. Unter der schwarzen, breitrandigen Brille kamen die dunklen Augenbrauen kaum zur Geltung. Seine blaugrünen Augen musterten ihn voller Schalk. Er hatte ein langes Gesicht mit einer imposanten, knolligen Nase und schmale Lippen. An seiner rechten Hand glänzte eine goldene Uhr.

„Sie sind also mein Zimmernachbar", stellte der Fremde fest.

„Ja? Und?", antwortete Ludwig.

„Ist ihr Zimmer größer als meines?"

Der Fremde spazierte am verdutzten Ludwig vorbei und sah sich im Raum um.

„Ja. Nein, nicht wirklich. Ich glaube doch nicht, oder? Wer sind Sie eigentlich? Und würden Sie bitte schleunigst mein Zimmer verlassen!"

Ludwigs scharfer Ton wirkte.

„Entschuldigen Sie, Ewald Eschenwald, stellte sich der seltsame Mann vor und streckte ihm die Hand hin. Ein passender Name, dachte Ludwig, und drückte sie.

„Ludwig Lahnfelder."

Er deutete mit dem Arm auffordernd auf den Gang hinaus.

„Die Zimmerführung ist nun beendet. Ich darf Sie bitten, sich in Zukunft diesbezüglich ans Hotelpersonal zu wenden …"

„Haben Sie wirklich geglaubt, ich klopfe in der Unterhose an ihre Tür, um mir ihr Zimmer anzusehen?"

Ewald Eschenwald brach plötzlich in lautes Gelächter aus. Langsam ging Ludwig der Mann gehörig auf die Nerven.

„Sie halten mich wohl für völlig durchgeknallt."

„Ja, ich habe Sie für psychisch krank gehalten", fiel ihm Ludwig verärgert ins Wort.

„Wofür würden Sie einen Fremden in Unterhose halten, der in ihr Zimmer flaniert? Für den Hoteldirektor?"

„Eher für Gandhi", kicherte Ewald Eschenwald. Er zog mit dem Zeigefinger am Gummisaum seiner Unterhose und ließ ihn gegen seinen nackten Bauch schnalzen.

„Es spielt auch keine Rolle. Verlassen Sie augenblicklich mein Zimmer!"

Ludwig Stimme überschlug sich fast vor Erregung.

„Es tut mir leid. Ich wollte Sie nicht verärgern. Sie haben vorhin so wundervoll traurig ausgesehen, da konnte ich mir ein kleines Späßchen nicht verkneifen", entgegnete Eschenwald ruhig.

„Da sind Sie heute schon der Zweite. Ich habe schon mehr gelacht."

„Nochmals, Herr Lahnfelder. Verzeihen Sie. Ich wollte Sie nicht beleidigen und habe übrigens nicht gelogen. Ich bewohne wirklich das Zimmer neben Ihnen."

Eschenwald deutete mit der Hand auf die Zimmertür 402.

„Ich habe mein Feuerzeug verloren und es am Gang gesucht. Dabei ist leider meine Zimmertür zugefallen und dummerweise liegt der Schlüssel am Nachtkästchen. Obwohl ich bei der Wahl meiner Unterhose einen ausgezeichneten Geschmack bewiesen habe, wollte ich in diesem Aufzug nicht zur Rezeption gehen. Deshalb habe ich an ihre Tür geklopft. Ich wollte Sie bitten, für mich dort anzurufen. Damit mir der Page aufsperrt. Hätten Sie vielleicht die Güte …?"

Eschenwald blickte Ludwig bittend an.

„Zum Glück bin ich nicht nachtragend … Obwohl … Sie halbnackt in der Hotellobby", antwortete Ludwig in versöhnlichem Ton. Er wies mit dem Arm auf den Ohrensessel.

„Nehmen Sie Platz! Ich rufe für Sie an."

6

Eine Stunde später schloss Ludwig im Anzug hinter sich die Hotelzimmertür. Er trug dazu einen schwarzen Lederschuh und am rechten Fuß eine schwarze Socke im blauen Badeschlapfen. Eigentlich wollte Ludwig den Abend in Ruhe in seinem Zimmer verbringen. Wieso hatte er sich von Ewald Eschenwald dazu überreden lassen? In letzter Zeit änderte er seine Meinung von einer Sekunde auf die andere. Oder lag es an der Tatsache, dass er in den letzten Monaten meist alleine in der Villa gegessen hatte. Alleine zu essen, fand er deprimierend. Die Uhr seines Smartphones zeigte halb acht. Das fünfgängige Galadinner hatte bereits begonnen. Dementsprechend still war es im Hotel. Er hörte, wie die Zimmertür neben ihm geöffnet wurde. Ewald Eschenwald trat im dunkelblauen Anzug und weißem Hemd heraus. Seine goldene Uhr blitzte unter dem Hemdärmel hervor.

„Du wirst heute der Star des Abend sein", betonte Eschenwald und lächelte wissend. Er wies Ludwig mit der Hand an, ihm zu folgen, stolzierte auf den Lift zu und rief ihn per Knopfdruck.

„Wie meinst du das?"

Ein Klingelton kündigte den Lift an, unmittelbar danach gingen beide Stahltüren auf. Eschenwald ließ Ludwig den Vortritt und stellte sich dann neben ihn. Irgendwie mochte Ludwig ihn.

„Du bist Frischfleisch."

„Mit Fünfundsechzig? Danke für das Kompliment, aber täuscht du dich da nicht gewaltig?"

„Viele Gäste kommen jedes Jahr zu Weihnachten hierher. Du bist neu und damit die Attraktion."

Ludwig mochte den Gedanken nicht, im Mittelpunkt zu stehen. Er war hergefahren, um sich auszuruhen und über sein zukünftiges Leben nachzudenken. Hätte er lieber doch nicht Ewalds Vorschlag annehmen sollen?

„Und du? Wie oft hast du hier schon Weihnachten gefeiert?"

„Drei Mal. Ich habe keine Kinder. Mein Bruder wohnt in München mit seiner Familie. Früher habe ich mit ihnen Weihnachten gefeiert. Wir verstehen uns gut. Ich mag seine Frau und seine Kinder. Dennoch ... Nun verbringe ich Weihnachten in diesem Hotel."

Der Lift hielt im zweiten Stock und die Türen öffneten sich, aber niemand stieg ein. Die Türen schlossen und der Lift setzte sich wieder in Bewegung.

„Hier kann ich mich auf mein Zimmer zurückziehen, wenn mir die Gesellschaft nicht gefällt. Ich muss auf niemanden Rücksicht nehmen. Und das wichtigste: zwei Drittel der Hotelgäste sind alleinstehende Frauen."

Eschenwald pfiff durch die Zähne, um diesen Umstand zu betonen. Ludwig grinste amüsiert.

„Ludwig, du weißt, wie gefährlich alleinstehende Frauen sind?"

Ludwig zuckte nur mit den Achseln, weil er in Sachen Flirt schon lange aus der Übung war.

„Für mich ist es weniger gefährlich, mich kennen einige ja bereits. Aber du schwebst in allerhöchster Gefahr, von einer der Furien mit Haut und Haar verschlungen zu werden."

Ludwig lachte zwar laut auf, aber ihm lief ein kalter Schauder über den Rücken. Denn ihm war klar, um welche Furie es sich in seinem Fall handeln würde. Der Lift hielt im Erdgeschoss. Eschenwald ging zielstrebig durch die Hotellobby. Ludwig nickte der Rezeptionistin freundlich zu. Sie schlenderten nebeneinander einen langen Gang entlang. Ein goldenes Schild wies ihnen die Richtung zum Speisesaal. Aus der Ferne hörten sie bereits Stimmengewirr, das mit jedem Schritt lauter wurde. Das Restaurant konnte nicht mehr weit sein. Wie ein Tor in eine unbekannte Welt schienen Ludwig die Flügeltüren vor ihnen.

„Nun gut, Ludwig. Bist du bereit für die Raubtierfütterung?"

Eschenwald streckte Ludwig staatstragend die Hand hin.

„Falls wir uns nicht mehr wiedersehen. Sei vorsichtig und ich wünsche dir viel Glück für dein weiteres Leben."

Ludwig ergriff belustigt Eschenwalds Hand und drückte sie fest.

„Es hat mich sehr gefreut, dich kennen zu lernen, Ewald. Gott schütze dich!"

Ewald setzte ein professionelles Lächeln auf, öffnete die Tür und betrat mit festem Schritt den Speisesaal. Gut sechzig Augenpaare wandten sich jäh von ihrem ersten Gang ab und taxierten sie. Ludwig war dies richtig unangenehm. Er war froh, dass Ewald im Gegensatz zu ihm die Aufmerksamkeit der Hotelgäste sichtlich genoss. Er grüßte einige aus der Ferne mit Kopfnicken. Der Saal war festlich geschmückt. Auf jedem der runden Tische mit den weißen Tischtüchern befand sich ein Gesteck aus Tannenzweigen, in dem eine goldene Kerze thronte. Die leere Bühne am Rande des Saals wirkte wie eine verlassene Halbinsel im Tischmeer. Der Großteil der Gäste waren, wie Ewald angekündigt hatte, Frauen jenseits der Fünfzig. Ein aufmerksamer Oberkellner kam auf die beiden zu. Er war sehr groß und seine Bewegungen wirkten ungelenk. Ehe der Oberkellner sich nach ihrer Zimmernummer erkundigen konnte, wehte Frau Kutschera wie ein Wirbelwind schon auf die beiden zu. Sie trug ein knielanges, weinrotes Kostüm.

„Guten Abend, Ewald", flötete sie.

„Werte Rosalinde."

Eschenwald küsste Frau Kutschera wie ein echter Gentleman gekonnt die Hand.

„Freut mich, Herr Lahnfelder", wandte sich Frau Kutschera nun Ludwig zu. In ihrer Stimme lag eine

50

gewisse Distanz. War sie womöglich verstimmt, weil er das Zimmer gewechselt hatte? Hoffentlich!

„Sie sitzen selbstverständlich bei uns am Tisch."

Ludwig warf Ewald einen hilfesuchenden Blick zu, der nicht darauf reagierte. Frau Kutschera nahm Eschenwalds Arm und hängte sich bei ihm ein. Mit hoch erhobenem Kopf stelzten sie zum Tisch. Ludwig würde zu Abend essen und sich danach unter einem fadenscheinigen Vorwand auf sein Zimmer zurückziehen. Er watschelte den beiden hinterher und fühlte sich wie eine Ente … Dafür musste er fünfundsechzig Jahre alt werden und ins Waldviertel fahren! Am Tisch saßen vier Frauen, die sie breit anlächelten. Zu breit für Ludwigs Geschmack. Er schenkte ihnen ein scheues Lächeln.

„Franziska, bitte rücke einen Stuhl weiter, damit wir die beiden Herren zwischen uns haben", befahl Frau Kutschera entschieden. Die jüngere der vier Frauen erhob sich und seine Nachbarin wies Ewald den frei gewordenen Sitzplatz zu. Gleich darauf zog sie Ludwig am Sakkoärmel und schob ihn zum anderen freien Sessel.

„Sie sitzen neben mir, Herr Lahnfelder", bestimmte sie. Ludwig fiel kraftlos in den Stuhl. Frau Kutschera nahm links neben ihm Platz. Sie setzte ein ebenso breites Lächeln wie ihre Freundinnen auf. Es war kein freundliches Lächeln, fand Ludwig, sondern ein warnendes. Wie das einer Hyäne, die ihre Beute verteidigte und ihren Freundinnen unmissverständlich klar machte, die Finger davon zu lassen. Die Beute war in diesem Fall er. Oh, Gott! Er saß neben Frau Kutschera und das mindestens bis das Fünf-Gang-Dinner zu Ende war. Ludwig wusste sich nicht anders zu helfen, als mit dem Stuhl ein wenig zur Seite zu rutschen. Natürlich schloss Frau Kutschera zu ihm auf, bis sich ihre Arme wieder berührten.

„So. Und nun zum Kennenlernen", begann sie sichtlich in ihrem Element.

„Wir sind hier alle per du. Ich bin Rosalinde, für die, die es noch nicht wissen."

Frau Kutschera sah dabei Ludwig tief und viel zu lange in die Augen. Bedrängt wandte er sich von ihr ab. Sie deutete auf die brünette Frau mit den halblangen Haaren, die ihr gegenüber saß.

„Das ist meine beste Freundin Hilde! Eine pensionierte Volksschullehrerin."

Hilde trug eine dunkle Brille mit großen Gläsern. Dahinter stachen ihre schmalen braunen Augen hervor. Ihre Brauen waren so exakt nachgezogen wie ihr rosaroter Lippenstift. Ihr pastellfarbiger, weiter Pullover kaschierte ein paar Kilogramm Übergewicht. Ludwig fiel auf, dass Hilde nur ihn anlächelte, Ewald aber keines Blickes würdigte. Oder bildete er sich das nur ein?

„So. Dann nutze ich gleich die Gelegenheit und stelle euch meine Tochter Franziska vor", ergriff Hilde mit hoher Stimme das Wort und deutete auf die Frau, die für Ludwig Platz gemacht hatte. Franziska rollte genervt die Augen.

„Meine Tochter arbeitet in einer Bank und studiert nebenbei Betriebswirtschaft", betonte Hilde und warf einen Blick in die Runde.

„Leider ist sie noch ledig. Mit achtunddreißig. Ich bete jeden –."

„Mutter, ich denke das reicht", fiel Franziska ihr ins Wort. Aus stahlgrauen Augen blickte sie ihre Mutter verstimmt an. Die schmale, spitze Nase musste sie wohl von ihrem Vater haben, spekulierte Ludwig. Ihr brauner Pagenkopf war perfekt frisiert und sie verwendete im Gegensatz zu ihrer Mutter kein Make-up. Ihre noble Blässe verlieh ihr neben den schmalen Lippen einen Hauch von Schärfe. Für Sekunden herrschte zwischen den beiden eine angespannte Stille, ehe Hilde laut seufzte und sich umwandte.

„Gut. Wie du meinst. Außer Franziska gehört Mucki zur Familie", strahlte sie und hob eine rotbraun karierte Hundetasche in die Höhe, die schräg hinter ihr auf einem Sessel gestanden hatte und die Ludwig bisher nicht gesehen hatte. Aus der Tasche ragte der schmale Kopf eines braunen Chihuahuas hervor, der gerade einen Hundesnack kaute.

„Mucki ist drei Jahre alt. Er mag es, wenn ich über ihn rede", konnte sich Hilde einen Seitenhieb auf ihre Tochter nicht verkneifen. Sie stellte die Tasche wieder auf den Sessel und streichelte über den Kopf ihres vierbeinigen Lieblings.

„Danke, Hilde", übernahm Rosalinde Kutschera wieder das Kommando. Sie zeigte mit dem Finger auf die Frau neben Ludwig mit den langen, blonden Haaren, die während der Vorstellungsrunde von ihrem Smartphone aus unentwegt SMS verschickte.

„Erika. Unternehmerin und Inhaberin von drei Design-Möbel-Geschäften in Wien", stellte Rosalinde Kutschera sie vor. Erika blickte von ihrem Smartphone auf.

„Guten Abend. Freut mich."

Erika hatte blaue, wache Augen und ihre schmale Nase war ebenmäßig geformt. Ihr roter Lippenstift wirkte dezent. Sie trug einen schwarzen Hosenanzug und darunter eine rote Bluse. Ludwig fiel auf, dass Ewald sie von der Seite beäugte.

„Verzeiht, dass ich andauernd an meinem Handy bin. Weihnachtszeit ist unsere Hauptgeschäftszeit. Ich habe mich von Rosalinde überreden lassen, schon heute zu kommen. Was im Nachhinein ein großer Fehler war. In meinen Filialen geht es drunter und drüber. Ich werde morgen in der Früh wieder nach Wien fahren", erklärte Erika. Plötzlich läutete ihr Handy und sie erhob sich eilig von ihrem Stuhl. Mit schnellen Schritten verließ sie den Saal. Rosalinde Kutschera schaute erwartungsvoll Ewald und danach Ludwig an.

„Wollt ihr euch bitte auch kurz vorstellen?"

„Die einzige Frau, die mich nicht kennt, ist gerade gegangen", antwortete Ewald und rümpfte die Nase. Ludwig war sich nun ganz sicher, dass Erika ihm gefiel. Rosalinde warf Ludwig einen auffordernden Blick zu.

„Ludwig Lahnfelder. Ich verbringe heuer zum ersten Mal Weihnachten in diesem Hotel. Ich bin Architekt und habe ein Büro mit zehn Angestellten geführt, das ich vor zwei Jahren an meinen Geschäftspartner verkauft habe. Seitdem …"

Ludwig wollte weiter reden, aber das Bild seiner bis auf die Knochen abgemagerten Frau tauchte vor ihm auf. Wegen ihrer fortschreitenden Krankheit hatte er damals seine Firma verkauft. Er fixierte traurig eine große Kerze am Rand des Saales. Das unentwegte Flackern ließ ihn wieder Abstand zu seinen Gedanken gewinnen. Ihm kam dieser Augenblick eine Ewigkeit vor, die Tischnachbarn dachten wohl, er brauche nur Zeit zum Nachdenken.

„Seitdem bin ich Pensionist. Aber gelegentlich nehme ich noch kleinere Aufträge an", fuhr er fort. Er lächelte und signalisierte damit, dass er fertig war. Rosalinde Kutschera öffnete den Mund ein Stück, schloss ihn gleich darauf wieder und schwieg. Hatte seine Nachbarin etwa noch ergänzen wollen, dass Ludwig Witwer sei? Er war froh, dass sie es nicht getan hatte. Soviel Taktgefühl besaß sie also doch. Außerdem hatten die anderen auch ihren privaten Status nicht verraten. Wozu auch? Alle, die am Tisch saßen und hier Weihnachten feierten, lebten allein, waren geschieden oder verwitwet. Die Zusammensetzung der Gäste an den anderen Tischen musste ähnlich sein. Wenn überhaupt, konnte Ludwig nur drei Pärchen ausmachen. Ein Saal voller in die Jahre gekommenen Singles. Freiwillig oder gezwungenermaßen. Du lieber Himmel! Worauf hatte Ludwig sich da bloß eingelassen? Hatte Kurt etwa gewusst, welche Leute zu Weihnachten dieses Hotel buchten? Gewiss hatte sein Freund dabei Hintergedanken gehabt. Ludwig nahm sich vor, ihn darauf anzusprechen. Ewald streckte sein Glas in die Höhe und lächelte ihn aufmunternd an.

„Das Leben ist ein ständiges Auf und Ab. Voller Leiden und voller Freude. Voller Feste und voller Katastrophen. Das hat jeder von uns in all den Lebensjahren wohl eindeutig bemerkt. Wir leben in der ständigen Ungewissheit, nie zu wissen, welche Überraschungen der neue Tag für uns bereithält. Das ist gut so. Gerade dies macht unser Leben so aufregend. Morgen ist wieder einmal Weihnachten. Das Schöne an Weihnachten ist, dass wir eine wunderbare Geburt feiern. Der Heiland wird geboren! Das ist der ideale Anlass, um auf das Leben und die tollen Jahre, die uns noch bevorstehen, anzustoßen. Prosit! Auf die kommenden Jahre!"

Ludwig stieß wie in Trance mit den anderen an. In seinen Gedanken hallte noch lange das helle Klirren nach. Wie ein Weckruf erschien es ihm, sein Leben wieder in die Hand zu nehmen. Er zweifelte aber, ob er dazu überhaupt jemals wieder in der Lage sein würde.

7

„Ja, so ist es brav, Mucki. Braver, Hund. Du machst das ganz, ganz toll, mein Liebling", lobte Hilde ihren Hund, während sie ihm ein Stück Fleisch reichte. Die karierte Tasche stand auf ihrem Schoß. Ewald beobachtete mit kritischem Blick die Hundefütterung, während Rosalinde Kutschera genervt den Kopf schüttelte und wortlos ihren Zwiebelrostbraten aß. Ludwig mochte es auch nicht, wenn Tiere vermenschlicht wurden. Gleichzeitig war er erleichtert, nicht mehr im Mittelpunkt zu stehen.

„Noch ein Stück für Mami. Eines für den Papi. Eines für die Franziska. Eines für …"

„Mucki hat schon genug gefressen. Wenn du ihn weiter so mästest, wird er in ein paar Wochen wie ein Mops aussehen", ärgerte sich Franziska.

„Ja, ja … Ich habe ihn dir einmal zwei Tage anvertraut. Danach war er abgemagert und völlig verstört. Oder, Mucki. Bei Frauchen geht es dir am besten. Oder, Mucki?"

Der Hund hielt im Kauen inne, als er seinen Namen hörte. Entzückt kraulte Hilde Mucki den Hals.

„Vier Tage! Ich habe vier Tage aufgepasst. Eine Stunde, bevor du verreist bist, hast du ihn bei mir abgeliefert. Du hast es nicht einmal der Mühe wert gefunden, mich vorher zu fragen."

„Der Zwiebelrostbraten war vorzüglich", versuchte Rosalinde die Diskussion zu entschärfen.

„Gut, vier Tage. Als ich ihn von dir abgeholt habe, war er ein … ein … ein anderer Hund. Ich werde ihn, nie wieder bei dir lassen. Nie wieder."

Franziska nippte mit düsterem Blick an ihrem Apfelsaft.

„Auf dich kann man sich einfach nicht verlassen. Nie. Schon als Kind nicht."

„Ich weiß, Mama. Ich kümmere mich nicht um dich. Ich rufe dich nie an. Ich besuche dich nie. Und so weiter, und so fort."

Franziska trank ihr Glas mit einem Zug aus und erhob sich.

„Weißt du was? Ich gehe zur Rezeption und buche mir ein Zimmer. Dann kann ja Mucki im anderen Bett schlafen und du kannst ihn die ganze Nacht lang füttern. Bis er platzt."

Hilde blickte ihre Tochter kühl an. Ludwig hatte aufgehört zu kauen. Man hätte eine Nadel auf den Boden fallen hören können, so still war es am Tisch geworden. Franziska presste die Lippen aufeinander, nickte ihnen bedauernd zu und verließ den Saal, ohne sich noch einmal umzublicken. Hilde stellte Mucki auf Franziskas Sessel und schwieg. Ludwig schluckte den Bissen noch hinunter und ließ den Rest stehen. Der Appetit war ihm gehörig vergangen. Er mochte keinen Streit. Schon seit seiner Kindheit nicht. Er hatte es gehasst, wenn seine Eltern stritten. Rosalinde musterte ihre beste Freundin geringschätzig. Für eine Minute sagte keiner etwas, ehe Ewald sich dem Hund zuwandte.

„Er ist wirklich süß."

„Lügner! Du hast Mucki nie gemocht", blaffte ihn Hilde an, ohne Ewald nur eines Blickes zu würdigen. Kleinlaut griff Ewald nach seinem Weinglas und hielt den Mund. Unvermittelt legte Hilde ihre Hand auf Ludwigs Unterarm.

„Ich weiß einfach nicht, was ich mit Franziska machen soll. Ludwig, du hast doch auch eine Tochter. Wie ist euer Verhältnis?"

Ludwig schaute Hilde verwundert an. Woher wusste sie von Anna? Rosalinde Kutschera natürlich! Die Straßenzeitung machte ihrem Spitznamen alle Ehre. Da Ludwig zögerte, legte Rosalinde ihre Hand auf Ludwigs anderen Unterarm.

„Ludwig ist ein wunderbarer Vater. Seine Tochter Anna ist Ärztin. Und sein Sohn Illustrator. Von seinen süßen Enkeln möchte ich gar nicht reden. Er hat wohl alles richtig gemacht als Vater", raspelte Rosalinde Kutschera Süßholz. Langsam wurde Ludwig diese Frau unheimlich. Hatte sie ihm all die Jahre nachspioniert und sein Handy gehackt? Was wusste sie noch alles über ihn? Hilde drückte seinen Unterarm und schaute ihm anerkennend in die Augen.

„Ich habe auch nichts anderes erwartet. Deshalb bitte ich dich um Rat. Vielleicht bei einem Glas Wein?"

Rosalinde Kutschera strafte ihre beste Freundin für ihren Vorstoß mit einem giftigen Blick.

„Wein trinken wir ja jetzt auch. Reden wir gleich darüber. Ich habe keine Kinder, aber meine Schwester hat drei. Ich weiß einiges über das Thema", wollte Rosalinde das Feld nicht Hilde überlassen. Ludwig war genervt. Er musste dem ein Ende setzen. Sofort!

„Da gibt es kein Patentrezept. Lass deine Tochter einfach ihr eigenes Leben leben. Und hör auf an ihr herumzumäkeln!"

Ludwig löste seine Arme aus Hildes und Rosalindes Umklammerung und stand auf. Hildes Lächeln wurde säuerlich. Dafür schien Rosalinde nun zufrieden. Erfreulicherweise setzte sich Erika wieder an den Tisch.

„Zwanzig Prozent weniger Umsatz als im letzten Jahr. Eine Katastrophe. Aber entschuldigt, ich möchte euch nicht die Weihnachtsstimmung verderben", sagte sie und trank einen kräftigen Schluck von ihrem Rotwein. Ludwig nutzte die Gelegenheit.

„Ich muss mir kurz einmal die Hände waschen."

Ewald hatte dieses Werben um seinen Zimmernachbarn amüsiert."

„Warte, Ludwig. Meine Damen."

Er erhob sich dynamisch aus seinem Stuhl und verließ gemeinsam mit Ludwig den Raum. Hilde und Rosalinde funkelten sich feindselig an.

„Kein Wunder, dass er auf die Toilette flüchtet. Du kannst ja kaum die Finger von ihm lassen", schimpfte

Rosalinde. Ludwig konnte es noch deutlich hören. Erleichtert ließ er den Saal hinter sich. Wenigstens bekam er nun keine Reibereien mehr mit. Ludwig riss eine Tür auf die verschneite Terrasse auf. Er sog mit einem tiefen Zug kalte Luft in seine Lungen. Die Abkühlung tat ihm gut. Neben ihm zündete sich Ewald eine Zigarette an.

„So ein Kasperltheater. Was ist in die beiden Frauen gefahren? Ich möchte einfach in Ruhe gelassen werden", ärgerte sich Ludwig. Er warf einen Blick durch die Glasscheibe in die leere Hotellobby.

„Dann stört es dich doch sicher nicht, wenn ich mich um Erika bemühe."

„Ich bin nicht dein Vater, den du um Erlaubnis fragen musst."

„Gewiss. Dennoch bin ich für klare Worte. Um etwaige Missverständnisse zu vermeiden."

„Flirte mit wem du willst. Ich stehe dir nicht im Weg."

„Sehr gut. Dann ist das geklärt. Nachher findet übrigens noch ein Punschtrinken am Teich statt. Mit Fackeln und allerlei Larifari."

Ludwig schüttelte den Kopf.

„Ohne mich. Ich will heute nur mehr in mein Bett."

Ewald verstand, warf seine Zigarette weg und wandte sich zur Tür.

„Ich gehe wieder rein. Sonst frier ich hier noch an."

Ludwig nickte ihm zum Abschied zu. Sein Blick folgte Ewald durch die Lobby, bis er aus seinem Sichtfeld verschwand. Er wollte sofort auf sein Zimmer. Selbstverständlich war es nicht die feine englische Art, sich einfach aus dem Staub zu machen, aber das war ihm egal. An der Rezeption war von Nadja weit und breit nichts zu sehen. Ludwig blätterte Werbefolder durch. Er wollte am nächsten Tag einen Ausflug machen, um so der Gesellschaft der Damen zu entkommen. Am Heiligen Abend würde er ohnehin keine andere Wahl haben, als mit ihnen zu Abend zu essen. Er hörte, wie sich die Glastüren der Eingangstür öffneten. Der Teppich dämpfte das Geklapper von Stöckelschuhen und das Geräusch von Plastikrollen. Ludwig stand mit dem Rücken zum Eingang. Rasch packte er einen Folder in seine Sakkotasche und wollte dem neuen Gast an der Rezeption Platz machen. Als er einen Schritt Richtung Lift setzte, fuhr ihm plötzlich etwas über seine verletzte Zehe.

„Ah! Halt!", jaulte Ludwig auf und zog seine Zehe weg. Ein stechender Schmerz durchfuhr seinen Körper.

„Es tut mir so leid. Ein dummes Missgeschick! Verzeihen Sie mir", hörte Ludwig eine Frauenstimme. Diese Stimme? Kannte er sie nicht? Vor seiner Nase stand ein großes blaues Ungetüm. Ludwig konnte sich keinen Reim darauf machen, bis er das Rätsel löste. Eine Harfe! Nach einem Auto hatte nun eine Harfe seine Zehe überfahren … Reife Leistung! Hinter dem blauen Monstrum lugte plötzlich ein Gesicht hervor und blickte ihn mitfühlend an. Ludwigs Herzschlag stockte für eine Sekunde, als er die Frau erkannte.

„Sie!", rief er zornig.

„Der Kabinenkletterer", antwortete die Rothaarige mit überraschtem Gesichtsausdruck.

„Sie haben mich einfach im Stich gelassen. Mich in meiner schlimmen Lage auch noch verspottet!", ärgerte sich Ludwig. Beunruhigt wich die Frau aus dem Gasthaus einen Schritt zurück und hielt mit einer Hand die Harfentasche.

„Ich habe mir vielleicht einen kleinen Scherz mit Ihnen erlaubt. Dafür entschuldige ich mich. Aber im Stich gelassen habe ich Sie nicht. Weshalb, glauben Sie, hat Sie der Wirt so schnell befreit? Den habe ich verständigt."

Ludwig zögerte. Er hatte noch gar nicht darüber nachgedacht, weshalb der Wirt so schnell gekommen war. Sagte die Frau womöglich die Wahrheit?

„Ich weiß nicht, was Sie von mir wollen. Ich habe mich entschuldigt und Sie sind frei. Damit ist die Sache für mich erledigt."

Sie richtete sich mit der rechten Hand ihr Zopfband. Ihre grünen Augen funkelten gefährlich. Ludwig blickte sie verunsichert an.

„Sie … Sie spielen also Harfe. Sind Sie Berufsmusikerin?", wechselte er abrupt das Thema.

„Ja, Sie sind wohl ein kleiner Sherlock. Wenn ich nicht gerade Männer aus der Toilette rette …"

„Es tut mir leid, dass ich Sie vorhin so angeschnauzt habe. Sie waren aber auch nicht gerade charmant zu mir. Auf jeden Fall vielen Dank, dass Sie den Wirt verständigt haben."

„Gerne geschehen. Es tut mir übrigens auch leid, dass ich ihre Zehe überrollt habe. Warum tragen Sie eigentlich zum Anzug Badeschlapfen?"

„Weil heute schon ein Auto über meine Zehe gefahren ist."

„Sie lassen wohl nichts anbrennen", lachte die Rothaarige amüsiert. Ludwig gefielen ihre Lachfalten um die Augen.

„Ludwig", stellte er sich vor. Steif streckte er ihr seine Hand entgegen.

„Adela", entgegnete die Musikerin und drückte sie. Die beiden lächelten sich schweigend an. Ludwig rang nach Worten, aber irgendwie fielen ihm keine ein. Was war auf einmal los mit ihm? Er war doch sonst nicht so auf den Mund gefallen. Diese Frau verunsicherte ihn.

„Ich muss dann einchecken", begann Adela und deutete zur Rezeption.

„Ja, natürlich. Klar."

Ludwig trat einen Schritt zur Seite und machte ihr Platz. Wunderbar. Wenn sie ihn bisher noch nicht für einen Schwachkopf gehalten hatte, dann gewiss ab diesem Zeitpunkt.

„Danke."

„Gerne."

„Ja."

„Ja, dann."

Adela trat an Ludwig vorbei an die Rezeption. Nadja kam aus dem Hinterzimmer und wandte sich ihr zu. Eigentlich sollte Ludwig nun auf sein Zimmer gehen, aber irgendetwas hielt ihn davon ab. Genaugenommen nicht irgendetwas, sondern die Harfenistin. Er wollte nicht, dass ihre Unterhaltung so rasch endete.

„Sie wohnen also auch im Hotel? Und spielen morgen hier?", fragte er schnell.

Adela drehte sich langsam zu Ludwig um. Lag da Interesse in ihrem Blick? Oder war sie einfach nur höflich zu ihm?

„Sind Sie immer so neugierig? Weihnachtszeit ist Hochsaison für Musiker."

Ludwig hatte einen trockenen Mund. Er räusperte sich.

„Ja, natürlich. Offensichtlich habe ich das vergessen. Genau. Also …Gute Nacht!", sagte er und nickte Adela freundlich zu.

„Gute Nacht", antwortete sie. Ludwig drehte sich um und ging mit schnellen Schritten auf den Lift zu. Er spürte ihren Blick in seinem Rücken, wagte aber nicht, sich umzudrehen. Als die Lifttüren aufgingen, trat er rasch ein und war erleichtert, nachdem sie sich hinter ihm geschlossen hatten.

8

Sobald er sein Hotelzimmer erreicht hatte, fühlte er sich von einem Moment auf den anderen kraftlos. Er legte sein Sakko über die Lehne des Ohrensessels und knotzte sich aufs Bett. Adela beschäftigte ihn, da gab es keinen Zweifel. Ob sie wohl einen Punsch am Teich trinken wird? Er war seit dem Tod seiner Frau nicht mehr so aufgewühlt gewesen. Durfte er an eine andere Frau denken, obwohl seine Frau erst vor acht Monaten verstorben war? War es nicht viel zu früh? Ludwig hatte keine befriedigende Antwort darauf. Er zog aus seiner Hosentasche seine Geldbörse hervor. Er schlug sie auf und betrachtete ein altes Foto seiner Frau. Er hatte es vor mehr als zwanzig Jahren in ihrem Garten aufgenommen. Sie lächelte ihn an. Damals ahnten beide noch nicht, welche dramatische Wendung ihr weiteres Leben nehmen sollte. Fünf Jahre danach sprach ein Arzt aus, was seine Ehefrau und er schon vermutet hatten: „Morbus Parkinson". Nur zwei Worte. Flüchtig dahingesagt, aber erst im Laufe der Jahre hatte Ludwig begriffen, welche Ausweglosigkeit in diesen beiden Wörtern lag. Seine Frau hatte nach der Diagnose lange geschwiegen. Sie waren eine Stunde nebeneinander durch den Schönbrunner Schlosspark gestreift. Zwar spazierten sie gemeinsam, versuchten aber jeder für sich, die Gedanken zu ordnen. Vor der Gloriette setzten sie sich auf eine Holzbank am Teich und blickten hinunter auf das

Schloss und die Stadt. Die Sonne schien. Es war Mai. Eine Gruppe Japaner eilte flink die Serpentinen empor. Ein Kind ließ sich auf der Wiese ausgelassen bergab rollen. Ein Vogel erhob sich in die Lüfte. Seine Frau äußerte den Wunsch, die Krankheit ihren Kindern Anna und Alexander zu verschweigen. Auch ihre Freundinnen und Freunde sollten so lange wie möglich nichts davon erfahren. Ludwig hatte einfach ihre Hand genommen und ihre Finger hatten sich umschlossen. Er hatte sie an sich gezogen und ihren Handrücken geküsst. Damit war der Entschluss seiner Frau besiegelt. Den Grund dafür nannte sie ihm nie. Wahrscheinlich schämte sie sich für ihre Krankheit, wahrscheinlich schämte sie sich, mit einem Makel durch ihr Leben zu schreiten. Mit Händen und Füßen, die außer im Schlaf fortwährend in Bewegung blieben. Vielleicht dachte sie auch, dass die Krankheit, wenn man sie nicht so oft beim Namen nannte, glimpflicher verlaufen und sich irgendwann verflüchtigen oder sogar ganz verschwinden würde. Natürlich erlag sie einem großen Irrtum. Hätte Ludwig dagegen protestieren sollen? Hätte Ludwig ihr damals klarmachen sollen, dass sie nichts für die Krankheit konnte und sich vor allem deswegen nicht schämen musste? Auch heute noch kannte kein Arzt die Ursache dafür, weshalb bestimmte Nervenzellen plötzlich abstarben, die den Botenstoff „Dopamin" produzieren. Hätte er sie auffordern sollen, die Krankheit anzunehmen, nicht gegen sie anzukämpfen und sie als ständige

Begleiterin zu sehen? Mit allen Höhen und Tiefen. Er aber hatte die Entscheidung seiner Frau akzeptiert und geschwiegen.

Zuerst hatte sie gewissenhaft ihre zahlreichen, bunten Pillen genommen und ein unbeschwertes Leben führen können. Gewiss bewegte sie sich anders. Der Tremor blieb. Beim Gehen war ihr rechter Arm nicht mehr mühelos mitgeschwungen und ihre Muskeln hatten sich verspannt, aber sonst schien die Krankheit nur schleppend voranzuschreiten. Dennoch erkannten Anna und Alexander sofort, dass ihre Mutter sich verandert hatte. Sie mussten mehr als zehn Jahre warten, ehe sie ihnen anvertraute, worüber ihre Kinder, ihre Freunde und Bekannten ohnehin schon jahrelang spekuliert hatten. Als sie es endlich ausgesprochen hatte, wirkte sie erleichtert und von einer tonnenschweren Last befreit.

Ludwig steckte das Foto wieder in seine Geldbörse, klappte sie zu und legte sie auf das Nachtkästchen. Er schaut auf das Display seines Smartphones. Er drehte das Licht im Zimmer ab und trat durch die Balkontür hinaus ins Freie. Sein Körper bebte in der Kälte. Unten am Teich versammelten sich die ersten Gäste und tranken Punsch. Sie umringten die Weinfässer, die am Ufer abgestellt waren. Ringsherum brannten Fackeln. Ludwig konnte aus der Entfernung niemanden ausmachen, aber die Szenerie gefiel ihm. Irgendwo da unten mussten

Ewald und die anderen sein. Und möglicherweise Adela. Die Musikerin. Der Gedanke an sie zauberte ein Lächeln auf seine Lippen. Doch im nächsten Moment flackerte wieder das Bild seiner Frau vor ihm auf. Sie hatten noch viele gemeinsame Reisen unternommen. Venedig, Genf, Rom, Brüssel, Berlin, Stockholm, Prag, New York und Sidney waren nur einige Stationen, die sie nach der Diagnose besucht hatten. Überdies hatte sich seine Frau der Gartenarbeit zugewandt und sich liebevoll um ihre Enkelkinder gekümmert. Fast schien es so, als habe sie jede Sekunde genießen wollen, bevor die Krankheit weiter voranschritt und sie mit jedem neuerlichen Schub in die Schranken wies. Für Ludwig waren dies trotz aller Veränderungen erfüllende Jahre. Die Krankheit hatte sie enger zusammenrücken lassen. Sie sprachen wieder viel mehr miteinander, so als hätte die Krankheit das Schweigen verjagt, das im Laufe der Zeit zwischen sie gekrochen war. Ludwig atmete laut aus und ging ins Zimmer. Er hatte sich oft gefragt, weshalb gerade seine Frau erkrankt war. Wieso sie und nicht er? Er wusste, dass auch sie sich diese Fragen immer wieder gestellt hatte. Selbstverständlich hatte sie nie eine Antwort darauf gefunden. Wurde der Grundstein bereits in der Kindheit gelegt? Weil sie ohne ihren Vater aufgewachsen war, der jung gestorben war? Spielte dieser Umstand eine wesentliche Rolle? Oder die materielle Not, die ihr eine höhere Schulbildung verwehrte? Ihre Mutter musste drei Kinder allein durchbringen und rackerte sich dafür in einer Bäckerei ab. So hatte seine Frau ebenso wie ihr älterer Bruder eine Lehre absolvieren müssen. Eine Verkaufslehre, obwohl sie doch viel lieber Lehrerin geworden wäre. Erst für den jüngsten Bruder blieb so viel Geld übrig, dass er eine höhere Schule besuchen konnte. Seine Frau fand nach der Lehre eine Stelle im Büro eines Kleinbetriebes, doch die Matura hatte sie nie nachgemacht, um sich ihren großen Traum zu erfüllen. Stattdessen lernte sie im Zug nach Paris ihn kennen, und nur zwei Jahre nach der Hochzeit schenkte sie ihm ihren Sohn Alexander. Noch heute sah er manchmal seine Frau auf dem Ohrensessel im Wohnzimmer vor sich. Wie sie ihren Sohn Alexander anmutig im Arm gehalten und gestillt hatte. Das Baby hatte zufrieden an ihrer Brust gesaugt. Nie zuvor hatte er so eine Verbundenheit zwischen zwei Menschen gesehen, diese unzerstörbare Nähe und es ließ ihn erahnen, was Muttersein bedeutet. Dieser Anblick hatte ihn tief berührt und nicht mehr losgelassen. Gleichzeitig hatte er sich ausgeschlossen gefühlt und instinktiv empfunden, dass er nicht Teil dieser außergewöhnlichen Zuneigung war und auch nie sein würde. Wiederum atmete er tief aus und das Bild verschwand. Er stand unschlüssig herum. Langsam begann er sich auszuziehen. Wenig später rollte er sich im Bett zur Seite. Er hauchte ein „Gute Nacht" in den Raum zu seiner Frau. Wo auch immer sie sich befand. Dann schloss er die Augen.

9

Nach einer traumlosen Nacht erwachte Ludwig am nächsten Morgen wie gewöhnlich um sechs Uhr früh. Mit offenen Augen lag er auf dem Rücken im Bett und schwankte, ob er schon aufstehen oder noch liegen bleiben sollte. Heute ist der vierundzwanzigste Dezember, schoss es ihm durch den Kopf. Weihnachten. Wenn er am Vormittag den ersten Zug nach Wien nahm, würde er es rechtzeitig zur Weihnachtsbescherung schaffen. Ludwig gab sich einen Ruck und setzte sich auf. Das wäre wohl das Vernünftigste gewesen, aber er konnte sich einfach nicht dazu durchringen. Nein, er hatte keine Lust auf eine Weihnachtsfeier mit seiner Tochter Anna und ihrer Familie. Alles hatte sich heuer verändert, deshalb sollte Weihnachten dieses Jahr auch anders verlaufen. Wie viele Weihnachten im Kreise seiner Familie würde er noch feiern können? Ludwig wurde seine Vergänglichkeit in den letzten Wochen oft schmerzhaft bewusst. Die Lebenserwartung in Europa betrug für Frauen dreiundachtzig und für Männer achtundsiebzig Jahre. Er war fünfundsechzig. Ihm blieben, wenn er dem Durchschnitt entsprach, also noch dreizehn Jahre. Keine sehr lange Zeitspanne. Seiner Ehefrau war das nicht beschieden gewesen. Mit neunundsechzig hatte sie die Krankheit aus dem Leben gerissen. Ob er gesund bliebe und mit einem schnellen Tod gesegnet wäre? Wer hatte nicht diese vage Hoffnung? Jeder wünschte sich eine schnelle Erlösung. Ludwig auch. Er hatte Angst vor dem Tod. Schon seit seiner Kindheit überkam ihn bei dem Gedanken, dass die Welt auch ohne ihn weiter bestehen würde, eine tiefe Traurigkeit. Zum Glück hing der Lauf der Welt nicht mit seiner Existenz zusammen. Alles ist Veränderung, alles im Fluss. Für ihn war der Tod keine Endstation und er glaubte an ein Leben danach. Dennoch hatte er vor, sein irdisches Leben so lange als möglich zu erhalten. Er wollte Schlafes Bruder nicht kampflos das Feld überlassen. Mit mehr Bewegung und gesünderer Ernährung wären vielleicht noch ein oder zwei Jahrzehnte drin. Dieser Gedanke tröstete ihn. Überdies war ihm klar, dass er keine Zeit mehr zu vergeuden hatte. Er nahm sich vor, jeden Augenblick zu genießen und die verbliebenen Jahre mehr auf sein Herz als auf seinen Kopf zu hören. Die Frage war nur, ob er dazu überhaupt fähig war.

Ludwig schlüpfte in sein Sakko und zog seinen Mantel darüber. Sicherheitshalber stülpte er sich über den ersten Socken ein Nylonsackerl und zwängte noch einen zweiten Socken darüber. So wollte er verhindern, dass sein Fuß im Schnee nass wurde. Zum Schluss griff er nach seiner Ohrenklappenmütze und verließ sein Zimmer.

Um zum Teich zu gelangen, durchschritt Ludwig die Hotellobby und musste an der Hotelbar vorbei. Er

erreichte die Terrassentür und öffnete sie. Die kalte Luft
tat ihm gut. Seine Schritte knarzten im Schnee. Er folgte
den zahlreichen Schuhspuren, die hinunter zum Teich
führten. Gemächlich schritt Ludwig den Hügel hinab
und achtete darauf, nicht auszurutschen. Die Schmerzen
waren auszuhalten. Nach wenigen Minuten hatte er den
zugefrorenen Teich erreicht. Auf den Fässern standen
vereinzelt noch ein paar Punschtassen. Ob Adela aus
einer getrunken hatte? Wieso dachte er schon wieder an
sie? Die restlichen Tassen und den Punschbehälter hatten die Hotelmitarbeiter wahrscheinlich noch in der
Nacht weggeräumt. Kein anderer Gast hielt sich so
zeitig am Teich auf. Ludwig genoss es. Er mochte es, in
der Früh einen Spaziergang zu machen. Wenn der Tag
ohne jede Eile zu erwachen schien, und die Morgenstille
noch nicht das Feld geräumt hatte. Ludwig trat ans Ufer
des schneebedeckten Teiches. Davor stand ein Holz-
schild, das vor der dünnen Eisdecke warnte. Er hatte
nicht vor, einen Schritt auf das Eis zu setzen. Ihm gefiel
die makellose Schneedecke, in die noch keine Spuren
eingraviert waren. Unschuldig, rein lag sie da. So sollte
sie solange als möglich bleiben. Immer schon hatte
Ludwig das Wasser magisch angezogen. An wärmeren
Tagen saß er gewöhnlich am Ufer eines Teiches oder
Sees und beobachtete die Wasseroberfläche. Das Wel-
lenspiel, mal sanft, mal stürmischer. In der Früh oder
am Abend, wenn es windstill war und der Teich glatt
wie ein Spiegel vor ihm lag, bemühte er sich, unter die

74

Oberfläche zu blicken. Manchmal, wenn das Wasser klar und das Gewässer nicht besonders tief war, konnte er bis auf den Grund sehen. An solchen Tagen machte er Fische, Steine, versunkene Äste und Pflanzen aus. Häufig jedoch konnte er nur ahnen, was die dunkle Tiefe alles verbarg. So wie er jetzt nur erahnen konnte, wo sich die Seele seiner Frau befand. Sie tummelte sich gewiss nicht in der dunklen Tiefe wie die Fische in den Seen, sondern, davon war Ludwig felsenfest überzeugt, schwebte erhaben in einer strahlenden Weite durch den Kosmos. Und irgendwann, wenn der Tag für ihn gekommen war, würde er ihr nachfolgen und das größte Geheimnis des Lebens am eigenen Leib erfahren. Aber noch war es nicht so weit. Noch war er am Leben und hatte Hunger.

10

Um Punkt sieben Uhr betrat Ludwig den Frühstückssaal im Erdgeschoss. Nadja hatte in der Früh an der Rezeption Dienst und ein paar Worte mit ihm gewechselt. Vereinzelt saßen Frühaufsteher an den Tischen. Der Raum war ebenso wie der Festsaal mit Tannenzweigen und Kerzen geschmückt. Sanfte Musik drang aus den Lautsprechern. Es roch nach Kaffee und Ludwig erkannte ein paar Gesichter vom Galadinner. Adela war leider nicht darunter. Rosalinde und die anderen schienen noch zu schlafen. Ludwig war froh, so konnte er ungestört frühstücken. Er nannte der Kellnerin seine Zimmernummer und nahm an einem Tisch in der Ecke des Raumes Platz. Das Frühstücksbuffet war in der Mitte aufgebaut. Schildchen wiesen auf Bioprodukte aus der Region hin. Zwei Köchinnen bereiteten Omeletts frisch zu. Noch waren mehr Mitarbeiter als Gäste anwesend. Ludwig bestellte eine Kanne Kaffee und machte sich zum Buffet auf. Er wartete auf ein Omelette und schenkte sich frisch gepressten Orangensaft ein.

„Ludwig! Guten Morgen", grüßte ihn jemand gut gelaunt. Ludwig dreht sich abrupt um und blickte unverhofft in Adelas geheimnisvoll grüne Augen.

„Adela. Guten Morgen. Schon so früh wach? Sie verstoßen gegen das Klischee der Musiker als Morgenmuffel."

„Notgedrungen. Ich spiele am Vormittag in Zwettl auf dem Weihnachtsmarkt."

Die Köchin händigte Ludwig den Teller mit dem Omelette aus.

„Mhm. Das schaut lecker aus", fand Adela und bestellte bei der Köchin ebenfalls eines. Ludwig sah sich rasch um, ob ihr jemand folgte. Anscheinend war sie ohne Begleitung.

„Frühstücken Sie auch alleine?", fragte er wie nebenbei. Adela nickte flüchtig, griff nach einem Stück Vollkornbrot und legte es auf ihren Teller.

„Wenn Sie wollen, können Sie mir gerne Gesellschaft leisten … ich meine, es würde mich freuen, wenn Sie an meinem Tisch Platz nehmen, um mit mir zu … frühstücken", stotterte Ludwig. Adela verzog spöttisch die Lippen. Warum benahm er sich in ihrer Gegenwart wie ein Idiot?

„Gerne! Und Ihre Frau? Ich nehme an, sie schläft noch?"

„Nein, ich bin alleine hier. Ich bin Witwer."

„Oh, entschuldigen Sie. Ich wollte nicht so indiskret sein. Es tut mir leid."

„Schon gut. Woher sollten Sie es wissen?"

Ludwig deutete auf seinen Tisch.

„Ich sitze dort drüben."

Adela stand mit dem Rücken zu ihm. Sie trug heute schwarze Jeans und einen schwarzen Pullover mit hochgeschlossenem Ausschnitt. Wenn sie sich bewegte, konnte man die türkisen Träger ihres BHs erkennen. Ludwig fand das erotisch. Adela nahm ihr Omelette und flanierte um das Frühstücksbuffet. Hatte sie es sich anders überlegt? Doch dann steuerte sie direkt auf ihn zu.

„Darf ich?", fragte Adela kokett und blinzelte Ludwig an.

„Gerne. Hübsche Frauen immer", antwortete Ludwig.

„Glauben Sie nur nicht, dass Sie für ihr Kompliment etwas von meinem Apfelstrudel abbekommen."

„Schade. Ich hoffe, es ist nicht das letzte Stück."

Adelas schmunzelte und setzte sich ihm gegenüber. Ludwig nahm die Kaffeekanne und deutete auf eine leere Tasse. Da sie nickte, schenkte er ihr ein.

„Spielen Sie jedes Jahr zu Weihnachten hier?"

„Heuer zum ersten Mal."

„Ich feiere auch zum ersten Mal Weihnachten in einem Hotel", offenbarte Ludwig. Adela wurde hellhörig.

„Zum ersten Mal alleine?"

Sie sprach in mitfühlendem Ton und hatte die Gabel auf den Teller gelegt, um nach dem Stück Vollkornbrot zu greifen.

„Ja. Meine Tochter wollte eigentlich, dass ich mit ihr und ihrer Familie feiere."

Warum erzähle ich das eigentlich, wunderte sich Ludwig. Ich kenne sie doch erst ein paar Stunden.

„Und wie hat sie darauf reagiert?"

„Sie weiß noch nichts von ihrem Glück", gab Ludwig zu. Adela blickte ihn überrascht an.

„Ich war zu feige, es ihr zu sagen."

„Wenigstens sind Sie ehrlich", zollte Adela Anerkennung und biss von ihrem Vollkornbrot ab.

„Glauben Sie mir, ich bin nicht stolz darauf. Es liegt mir schwer im Magen."

„Selbstmitleid zieht bei mir nicht. Das haben Sie sich selbst eingebrockt."

„Und ich werde die Suppe auch selbst auslöffeln."

„Egal. Es geht mich eigentlich nichts an", lenkte Adela ein.

„Ursprünglich wollte ich gar nicht alleine feiern. Mein bester Freund sollte mitkommen, aber er hatte gestern einen Herzinfarkt."

„Das tut mir leid. Ich hoffe, er ist auf dem Weg der Besserung."

„Ja. Zum Glück. Er hat mich dazu verdonnert, trotzdem hierher zu kommen."

Adela nahm einen kräftigen Schluck vom Kaffee und blickte auf das Display ihres Handys. Die Uhrzeit schien sie zu überraschen.

„Ich muss Sie leider verlassen. Wie Sie wissen, ruft der Weihnachtsmarkt."

Ludwig schaute Adela enttäuscht an. Er hätte noch gerne mit ihr geplaudert. Ging es Adela ähnlich wie ihm? Oder kam es ihr gelegen, dass sie ihn zurücklassen konnte. Plötzlich schien sie etwas abzuwägen. Ihre grünen Augen fixierten ihn.

„Wenn Sie Lust haben, könnten Sie mich nach Zwettl begleiten. Zum Mittagessen wären wir wieder im Hotel."

Adela richtete sich ihre Haare und wartete auf eine Antwort. Ludwig wusste sie auf Anhieb.

„Sie benötigen doch nur jemand, der Ihnen beim Transport ihrer Harfe behilflich ist."

„Das auch. Dennoch würde ich Ihre Begleitung schätzen. Ich spiele dort zirka eine Stunde. Danach könnten wir uns den Weihnachtsmarkt ansehen und uns nach unserem schlechten Start ein wenig unterhalten."

„Ich würde Sie gerne einmal spielen hören. Und ein kleiner Ausflug würde mir gewiss gut tun. Wann treffen wir uns?"

„Um neun in der Hotellobby."

„Ich bin pünktlich."

„Davon gehe ich aus", antwortete Adela fröhlich. Sie erhob sich aus ihrem Sessel, schenkte Ludwig einen flüchtigen Blick und verließ grazil wie eine Königin den Frühstückssaal.

Ludwig stand auf und holte sich ein Naturjoghurt. Bevor er einen Löffel davon aß, betrachtete er traurig die weiße Masse. Andauernd kam ihm seine Frau in den Sinn. Ihr Kühlschrank war lange Zeit randvoll mit Joghurts gewesen.

Seite an Seite standen die Plastikbecher in Reih und Glied. Natur, Vanille und Erdbeeren. Erst vor ein paar Tagen hatte sich Ludwig dazu durchringen können, die abgelaufenen in den Mistkübel zu werfen. Viele Monate hatte er sich erfolgreich dagegen gesträubt. Er hatte sie unberührt im Regal stehenlassen. Nein, er war kein Sammler und er hatte auch keine Schwierigkeiten, verdorbene Lebensmittel wegzuschmeißen. Es waren die Joghurts seiner Frau. Sie hatte für ihr Leben gerne Joghurts gegessen. Als sie kraftloser wurde und Schwierigkeiten mit dem Schlucken bekam, forderte sie täglich mehrere Portionen. Die weiße Dickmilch kühlte sie, wenn sie Hitzewallungen plagten, und zauberte einen beglückten Ausdruck in ihr Gesicht. So lange sie konnte, löffelte sie voller Genuss selbst. In den letzten fünfzehn Monaten fiel ihr das zunehmend schwer. Deshalb hatte Ludwig sie oft gefüttert. Wenn er es tat, schien sie so etwas wie Wonne und Wohlbefinden zu empfinden. Ludwig tröstete ihr dankbares Lächeln in dieser schwierigen Lebensphase. Er hatte sich nie an den Anblick ihres ausgezehrten Körpers gewöhnt. Manchmal hielt er es nicht aus, musste das Zimmer verlassen und seine Tränen verbergen. Er hatte mit keinem Menschen je darüber gesprochen. Vielleicht aus Scham, vielleicht weil ihm als Kind eingetrichtert worden war, dass echte Männer nicht weinen. Ein ausgemachter Schwachsinn. Ebenso hatte er darüber geschwiegen, dass ihm seine Frau manchmal wie eine Fremde vorkam. Er fragte sich, wer die Frau, die an seiner Seite lebte, eigentlich war. So verändert hatte sich ihr Aussehen und ihr Gemüt, so tief eingegraben hatte sich die Krankheit in ihren Körper. Er suchte unermüdlich nach Vertrautheiten, eindeutigen Merkmalen, die nur seine Frau ausmachten. Er fand dann ihre schelmischen Augen, ihr spitzbübisches Lachen und ihre weichen Finger. Ebenso ihren Humor, ihre Streitlust und ihre Entschlossenheit, um jeden Millimeter mit der Krankheit zu ringen. Allmählich verband Ludwig sogar Joghurt mit seiner Frau und seine Frau mit Joghurt. Seine Frau und das Joghurt vereinigten sich in seinen Gedanken zu einem Weiß. Einem reinen, vollkommenen Weiß, dem der fatale, körperliche Zustand seiner Ehefrau so gar nicht mehr entsprach. Wie ihr müder Mund nach dem Löffel schnappte, sich wieder schloss und das gequälte Schluckgeräusch erklang, während der nächste Löffel bereits den Weg zum Mund suchte. Er konnte diese Bilder nicht aus seinem Gedächtnis bannen. Im Laufe der Zeit hatte er sie akzeptiert und ließ sie weiterziehen. Er vermied es tunlichst, sich tiefer in diese Zeit hineinzuleben. Zuviel Schmerz und Traurigkeit verband er damit. Und vor allem diese unerträgliche Hilflosigkeit.

Weshalb kamen diese Erinnerungen gerade jetzt? Woher kamen diese Gedanken? Eine Warnung, seine Frau wegen Adela nicht achtlos zur Seite zu schieben, sondern sich ihrer gemeinsamen Vergangenheit wieder gewahr zu werden? Oder bildete er sich dies alles nur ein? Wieso konnte er nicht einfach einen Schlussstrich ziehen? Adela löste in ihm ein wohlig warmes Gefühl aus, das er schon so lange nicht mehr gespürt hatte. Sie schien das richtige Rezept zu besitzen, um seine Glasglocke zu zerschlagen und seine Taubheit zu verscheuchen. In ihrer Gegenwart fühlte er sich anders. Jünger und lebendiger. Gleichzeitig fühlte es sich falsch an. Nicht nur die Erinnerung an seine Frau quälte ihn, sondern er dachte auch an eine Reihe von ihm nahestehenden Menschen, die eine neue Beziehung nicht honorieren würden. Allen voran seine Tochter Anna, ihr Mann Günter, sein Sohn Alexander, mutmaßlich seine Enkel Lena und Lorenz und vor allem er selbst. Er selbst am allermeisten. Ludwig war verwirrt. Ganz zu schweigen davon, dass ihre Zuneigung auch nur ein Hirngespinst seiner Fantasie sein konnte. Sie kannten sich ja kaum. Vielleicht bildete er sich alles nur ein. Ludwig betrachtete sich nachdenklich im Wandspiegel gegenüber. Seinen Dreitagesbart hatte er noch nicht geschnitten. Auf seine Stirnfalten war er stolz, denn er mochte Gesichter, die natürlich alterten und eine Geschichte erzählten. In Zeiten von Botox und der ausufernden Schönheitschirurgie besaßen viele eine glatte Haut um den Preis von ausdruckslosen Gesichtern. Ludwig verstand zwar, dass der Druck in der Leistungsgesellschaft groß war und der Jugendkult seltsame Auswüchse annahm, aber er wollte dabei nicht mitspielen. Wahrscheinlich gefielen ihm deshalb auch Frauen besser, die in Würde alterten. So

wie Adela. Sie besaß eine natürliche Anmut und benötigte keinen zusätzlichen Schnickschnack, um auf ihn zu
wirken. Für Ludwig stand in diesem Augenblick endgül-
tig fest, dass er Adela zum Weihnachtsmarkt begleiten
würde. Bis jetzt war er sich nicht ganz sicher gewesen,
doch nun hatte er sich entschieden. Wer auch immer
etwas dagegen haben könnte.

11

Er zwängte seine verletzte Zehe in den Winterstiefel. Zuvor hatte er ein Schmerzmittel eingenommen. Er konnte sogar gehen, ohne zu hinken. Es war fünf vor Neun und er wollte ungesehen mit Adela das Hotel verlassen. Vor allem Rosalinde wollte er nicht begegnen. Er stahl sich auf leisen Sohlen aus seinem Zimmer und entschied sich diesmal für die Stiegen. An der Rezeption trat Adela ungeduldig von einem Bein auf das andere.

„Hallo! Ich hoffe, Sie warten noch nicht lange?", begrüßte er die Harfenistin. Ihr schwarzer Mantel verbarg ihre Kleidung und gab nur ihre kniehohen Stiefel Preis.

„Hi! Kommen Sie, wir müssen los!"

Die Anspannung in Adelas Gesicht war nicht zu übersehen. Ludwig nahm an, dass eine gewisse Nervosität notwendig war, um auf Knopfdruck die beste künstlerische Leistung abrufen zu können. Selbst wenn sie nur vor wenig Publikum auf einem Weihnachtsmarkt spielte. Sie hetzte auf einen dunkelgrünen Lieferwagen auf dem Hotelparkplatz zu. Adela tätschelte die Motorhaube liebevoll.

„Darf ich vorstellen. Theodor. Mein Auto."

Ludwig warf ihr einen verwunderten Blick zu.

„Theodor, darf ich vorstellen. Ludwig, ein Harfenmusikfan."

„Sie geben Ihrem Auto einen Namen? Noch dazu einen Männernamen."

„Warum nicht? Ich mag Männer. Und Theodor hat mich noch nie in Stich gelassen, was ich von anderen Männern leider nicht behaupten kann."

In Adelas Mimik lag ein Ausdruck, den Ludwig nicht deuten konnte. War sie schon oft verletzt worden oder wollte sie sich nur absichern?

„Von wo holen wir die Harfe?" fragte er, um das Thema du wechseln. Er wollte nicht in alten Wunden bohren und ihn interessierten vorherige Bekanntschaften nicht. Noch nicht.

„Sie ist längst verstaut."

„Warum haben Sie nicht auf mich gewartet? Ich hätte Ihnen helfen können."

„Keine Angst, Ludwig. Sie kommen auf dem Weihnachtsmarkt noch auf Ihre Kosten."

Adela zwinkerte Ludwig an. Er stand verdutzt da. Flirtete sie gerade mit ihm oder machte sie sich über ihn lustig? Jedenfalls brachte sie ihn durcheinander.

„Dann können wir ja losfahren."

„Einen Moment noch!"

Adela öffnet die Wagentür und holte einen Eiskratzer heraus. Sie begann die Heckscheibe, die Seitenfenster und den Bereich des Fahrerfensters flott von Eis und Schnee zu befreien und hielt Ludwig den Eiskratzer hin.

„Für Ihre Seite. Sonst sehen Sie nichts von der schönen Landschaft."

Ludwig begann die Frontscheibe an der Beifahrerseite abzukratzen und ging dabei so sorgsam vor, dass Adela schon ungeduldig mit den Zeigefingern auf das Autodach klopfte.

„Und? Schaffen Sie es noch bis zur Bescherung?"

„Die jungen Leute haben es immer so eilig."

„Ich soll um halb zehn dort sein."

„So. Ich wäre bereit."

Ludwig reichte Adela den Eiskratzer.

„Endlich!", rief sie übertrieben gestresst und stieg ins Auto. Ludwig öffnete die Beifahrertür. Unterm Rückspiegel baumelte eine Miniaturharfe und daneben hing ein putziger Stoffbiber. Auf dem Armaturenbrett klebte als silberne Plakette der Heilige Christophorus als Glücksbringer. Ludwig wusste, dass er der Schutzheilige für Autofahrer, Taxifahrer und Chauffeure war. Wie auf vielen Abbildungen wurde er hier als Riese mit Stab dargestellt, der ein Kind behutsam auf seinen Schultern trug. Bei diesem Kind handelte es sich um Jesus Christus. Adela startete den Wagen, verließ den Parkplatz und fuhr die Einfahrt am Hoteleingang entlang. Gerade noch rechtzeitig erkannte Ludwig die Personen, die vor der Eingangstür standen: Rosalinde und Hilde. Die beiden Damen unterhielten sich angeregt. Währenddessen spielte Mucki ausgelassen ein paar Meter weiter mit einem goldenen Tannenzapfen im Schnee, den er wohl von einem der Christbäume gestibitzt hatte. Kurz bevor der Wagen an den beiden vorbeifuhr, duckte sich Ludwig blitzartig.

„Ist Ihnen übel? Bin ich zu rasant weggefahren?"

„Nein, fahren Sie nur weiter, ich habe bloß meine Stiefel richten müssen. Mein Zeh schmerzt", erfand Ludwig. Nachdem sie das Hotel hinter sich gelassen hatte, richtete er sich wieder auf.

„Ich hoffe, Sie sitzen halbwegs bequem. Ist Ihnen warm?"

Ohne seine Antwort abzuwarten, hantierte sie an der Autoheizung herum und gleich drang mehr warme Luft durch die Lüftung.

„Danke. Lieber kälter als zu heiß."

Ludwig hielt sich mit der rechten Hand am Fenstergriff fest, die andere lag locker auf seinem Oberschenkel. Im Inneren des Autos war es sauber. Nur ein Lippenstift und ein paar Euros lagen unterm Autoradio in einem Fach. Adela fragte, ob sie den Radio anmachen sollte, aber Ludwig verneinte. Sie passierten ein tief verschneites Waldstück. Auf den Ästen der Nadel- und Laubbäume lagen gut fünfzehn Zentimeter Schnee. Sie kamen am Wegweiser vorbei, der Zwettl mit zwanzig Kilometer auswies. Das Schweigen zwischen ihnen empfand Ludwig als angenehm. Wahrscheinlich ging Adela in Gedanken bereits ihr Programm durch.

Fünfzehn Minuten später fuhr der dunkelgrüne Lieferwagen in der Stadt Zwettl ein. Sie stellte den Wagen in einer Seitenstraße um die Ecke des Hauptplatzes ab. Ludwig half Adela die Konzertharfe zwischen den gepflegten Holzhütten des Weihnachtsmarkts hindurch, zur niedrigen Holzbühne gleich vor der Pestsäule am Hautplatz, zu transportieren. Das große Gewicht von fünfunddreißig Kilogramm des Instruments überraschte ihn.

Der Duft von Glühwein, Tee und Punsch war allgegenwärtig. Die Händler öffneten nach und nach ihre Verkaufshütten. Adela zog bedächtig den Reißverschluss der Schutzhülle ihres Instrumentes auf. Die Harfe kam Stück für Stück zum Vorschein. Eigentlich wollte er ihr dabei helfen, aber sie hatte abgelehnt. Er hatte das Gefühl, sie mochte es nicht, wenn ein Fremder die Harfe berührte. Möglicherweise hatte sie Angst, ihr außerordentlicher Klang könnte verloren gehen. Ludwig hatte siebenundvierzig Saiten gezählt und vier Pedale waren ihm am Fuß der Konzertharfe aufgefallen. Wie er von der Musikerin erfahren hatte, war sie aus Ahornholz gefertigt worden. Adela saß auf einem Hocker, hatte die Harfe an ihre rechte Schulter gelehnt und begann sie zu stimmen. Das musste sie nach jedem Transport tun, wie sie ihm vorhin erzählt hatte. Es waren noch zehn Minuten bis zum Auftritt.

Ludwig ging inzwischen eine Runde. Er hatte schon zahlreiche Weihnachtsmärkte besucht. Dieser zeichnete sich durch ausgefallene Keramiken und viele andere handgefertigte Kunstwerke aus. Er überflog flüchtig das Angebot, denn er wollte Adelas Auftritt nicht versäumen. Plötzlich stutzte er. Hörte er da nicht einen Klang? Wie ein ausdauernder Windhauch strichen die zarten Harfentöne an den Weihnachtshütten vorbei, suchten sich Lücken im Geplauder und Gelächter der immer zahlreicher werdenden Gäste, und fügten sich zu einem einzigartigen virtuosen Klanggebilde zusammen, das den Hauptplatz in eine anmutige Atmosphäre tauchte. Ein leises Locken, ein unaufdringliches Rufen lag in diesen Tönen. Adela hatte ihren schwarzen Mantel geöffnet und unter ihm schien ein dunkelgrünes, knöchellanges Samtkleid hervor. Den Harfenkorpus hatte sie zwischen ihre Schenkel geklemmt. Sie trat öfter auf die Pedale. Vor ihr Stand ein Notenständer. Die roten Haare hatte sie mit einer Haarklammer nach hinten gelegt. Ludwig stockte der Atem. Die Vormittagssonne hüllte sie in ein warmes Licht und er blieb ergriffen von ihrem Anblick zwischen einer Schar Menschen stehen. Sie war wunderschön. Adelas gepflegte Finger zupften nicht die Saiten des eindrucksvollen Instruments, sondern tanzten, leicht und geschmeidig, darüber hinweg. Sie schien eins mit dem Instrument zu sein, untrennbar mit ihm verbunden. Wie damals, als seine Frau seinen Sohn gestillt hatte, fühlte er sich auf einmal. Wie ein Außenstehender, der Adela nur bis zu einer gewissen Grenze begleiten konnte und sie danach weiterziehen lassen musste. Er hatte nie ein Musikinstrument gelernt und deshalb würden sie in dieser Hinsicht nie die gleiche Sprache sprechen und nie in dieselbe Erfahrungswelt eintauchen können. Ludwig wurde dies bitter bewusst. Adela steigerte sich gerade ins Finale und als die Saiten zum letzten Mal gezupft wurden, blickte sie erwartungsvoll ins Publikum und hernach zu Ludwig. Viele der Anwesenden applaudierten begeistert. Er nickte ihr anerkennend zu. Adela saß auf der kleinen Bühne auf dem Weihnachtsmarkt in Zwettl, aber ihr Strahlen und ihre Präsenz hätten die riesige Bühne eines Konzerthauses mit Leichtigkeit erhellt und ihr Publikum mitgerissen. Plötzlich wurde ihm klar, dass er Adela nicht nur mochte, sondern sie ihn gerade verzaubert und bis in jede Zelle seines Körpers berührt hatte. Kein Zweifel. Er hatte sich in Adela verliebt. Das löste große Angst in ihm aus.

12

Adela stand vor der Bühne. Ihr Blick war auf ihre Harfe und ihre CDs mit Weihnachtsliedern gerichtet. Heute hatte sie schon zwanzig verkauft, eine davon an Ludwig. Sie wollte sie ihm schenken, aber er hatte entschieden abgelehnt. Er hatte nur darauf bestanden, dass sie den Tonträger signierte.

„Ich mag Weihnachten", sagte Adela und trank einen Schluck von ihrem grünen Tee.

„Den Geruch von frischen Tannenzweigen und den von Weihrauch. So wie es heute ist, mit dem vielen Schnee, ist es genauso, wie ich es mir vorstelle. Ich könnte nie Weihnachten in einem Land im Süden verbringen."

„Ich feiere Weihnachten auch lieber auf traditionelle Art. Normalerweise."

Adela stellte ihr Häferl auf einen der Stehtische.

„Ihr meisterhaftes Harfenspiel hat mich jetzt schon in festliche Stimmung versetzt. Dabei ist noch gar nicht „Heiliger Abend"."

Adela verbeugte sich demütig. Ludwig mochte ihre Augen. Ihm schien, als lägen darin viele Rätsel, die er nach und nach ergründen wollte.

„Ich kann es kaum erwarten, Sie noch einmal spielen zu hören."

„Sie werden ja wirklich noch mein treuester Fan."

„Haben Sie viele?"

„Sie sind mein Einziger."

„Das soll ich Ihnen glauben?"

Adela ging nicht auf sein Spiel ein, sondern strich sich nur ihre Haare mit den Fingern zurecht, und warf ihm einen bedauernden Blick zu.

„Ich muss leider schon wieder. Danach habe ich mehr Zeit."

Ludwig lächelte sie liebevoll an. Sie trat wieder auf die kleine Holzbühne, setzte sich auf den Holzschemel und griff nach ihrer Harfe. Bevor sie begann, kreuzten sich ihre Blicke. Ludwig bedauerte es zutiefst, als Adela sich wieder abwandte und ihren Blick ins Leere laufen ließ.

„Ludwig!"

Ertappt zuckte er zusammen. Rosalinde! Diese Frau entwickelte sich langsam zur Landplage. Woher wusste sie eigentlich, wo er sich gerade aufhielt? Verfolgte sie ihn etwa? Zutrauen würde Ludwig es ihr.

„Huhh! Huhh!", trötete sie und eilte auf Ludwig zu. Im Schlepptau hatte sie Hilde und Mucki. Ihre Tochter Franziska hatte es wohl vorgezogen, im Hotel zu bleiben. Hilde trug Mucki. Konnte der Hund nicht selbst laufen oder befürchtete sie, er könnte abhauen?

„Guten Morgen, Ludwig!", begrüßte Rosalinde ihn beglückt.

Hilde nickte ihm freundlich zu. Mucki war in einen rot-schwarz-karierten Mantel eingepackt und trug eine winzige rote Wollmütze.

„Wir haben dich heute beim Frühstück vermisst. Wir frühstücken alle um halb neun. Wahrscheinlich habe ich es gestern Abend nicht erwähnt."

Rosalinde wartete auf eine Antwort, aber Ludwig sah keinen Grund, sich zu rechtfertigen. Sie trug einen schwarzen Mantel und dazu eine grüne Mütze. Hilde war in eine beige Jacke gehüllt. Ihr Haar war frisch geföhnt.

„Drolliger Weihnachtsmarkt. Ich werde nachher ein Dufthäuschen für zu Hause kaufen", erklärte Rosalinde.

„Ja. Es gibt einzigartige Kunstwerke hier", betonte Ludwig und betrachtete Adela auf der Bühne. Rosalinde fiel die Harfenistin auf, aber sie sagte kein Wort.

„Mucki, möchtest du ein Leckerli?"

Hilde hielt ihm ein kleines Stück Wurst hin. Ludwig wunderte sich, dass der Hund nicht fetter war. Rosalinde sah sich um und ließ dann ihren Blick auf Ludwig ruhen.

„Wie bist du eigentlich nach Zwettll gekommen? Mit dem Taxi?"

Sie blickte Ludwig forschend in die Augen. Er bemühte sich harmlos zu wirken.

„Mit einer Freundin."

Hilde hatte aufgehört, Mucki zu streicheln. Rosalinde kratzte sich ihr Kinn.

„Wo ist sie denn?"

„Sie ist beschäftigt."

„Wie - beschäftigt?"

Ludwig kam sich vor wie bei einem Verhör. Im Hintergrund spielte Adela „Es wird scho glei dumpa".

„Sie arbeitet hier."

„Sie hat einen Stand hier. Wieso sagst du das nicht gleich? Welcher Stand ist es?"

Rosalinde und Hilde schauten sich um und musterten die Verkäuferinnen in den Hütten. Ludwig verspürte nicht die geringste Lust, ihnen einen Hinweis zu geben.

„Ist sie eine alte Freundin von dir? Oder hast du sie im Hotel kennengelernt?", ließ Rosalinde nicht locker. Unruhig blickte sie sich um, aber ihr stach niemand ins Auge, der für sie in Frage kam. Ein wenig hilflos stand sie da. Ludwig musste zugegeben, dass ihm das gefiel. Er schwieg mit einem zufriedenen Lächeln auf den Lippen. Hilde bemerkte es und strich ihrer Freundin sanft über den Arm.

„Lass ihn, Rosalinde. Er will sie uns nicht zeigen."

„Aha. Gut. Ich wollte nicht taktlos sein", entschuldigte sich seine Nachbarin kühl. Es brannte ihr aber unter den Fingernägeln, herauszufinden, mit wem Ludwig da war.

„Ihr seid also mit dem Hotelbus gekommen? Wo ist Ewald?", fragte Ludwig, um abzulenken. Nach Franziska wollte er sich erst gar nicht erkundigen. Der gestrige Disput hatte ihm genügt.

„Er ist in die Sauna gegangen. Apropos. Wenn du möchtest, kannst du dann mit uns ins Hotel zurück fahren. Im Bus sind noch einige Plätze frei", erklärte Rosalinde kuschelweich.

„Danke! Ich komme schon alleine zurecht."

„Offensichtlich. Los, Hilde. Sehen wir uns ein wenig um."

Rosalinde hängte sich bei Hilde ein, die in der anderen Hand ihren Hund hielt, warf ihre Haare hinter sich und stolzierte an ihm vorbei.

„Wir sehen uns beim Abendessen, Ludwig."

„Herzliche Gratulation! Sie werden nächstes Jahr sicher wieder gebucht", lobte Ludwig Adela und half ihr, die Harfe von der Bühne zu heben.

„Ich hatte auch das Gefühl, dass es den Leuten gefallen hat."

In ihrem Gesicht lag ein Ausdruck von entspannter Zufriedenheit. Ludwig ließ seinen Blick über die Gesichter der Zuhörer streifen. Von seinen Hotelbekanntschaften fehlte jede Spur. Er war erleichtert darüber. Plötzlich ärgerte er sich über sich selbst. Er war weder Rosalinde noch Hilde eine Erklärung schuldig, mit wem er sich wo aufhielt. Warum war er nur so ein Hasenfuß? Gerade nach dem unerwarteten Tod seiner Frau musste er jeden Augenblick auskosten. Im Moment leben, wie es so schön hieß.

„Ich meide sonst eigentlich Menschenmengen. Ich weiß, das klingt seltsam für eine Musikerin. Ich stehe gerne auf der Bühne. Das ist dann aber mein Revier.

Dort fühle ich mich sicher und ich habe das Gefühl, die Zuschauer im Griff zu haben. Wenn ich allerdings unter Menschen stehe, habe ich Beklemmungen", offenbarte ihm Adela.

„Solange Sie nicht in Panik vor mir weglaufen, stoße ich mich nicht daran."

„Vielleicht bringen Sie mich noch dahin."

„Schätzen Sie mich wirklich so ein?"

„Nein. Eigentlich nicht."

„Schade. Anscheinend bin ich uninteressant für Sie."

„Ihnen muss man wohl andauernd Honig ums Maul schmieren."

„In meinem Alter tut das gut, weil es so selten passiert."

„Schon wieder."

„Es war nur ein Versuch."

„Leider misslungen. Fahren wir?"

Adela ging vor Ludwig, der die Harfe transportierte. Sie hatte ihren Rucksack umgehängt. Plötzlich sprang Rosalinde Kutschera förmlich hinter einem Stand hervor und stellte sich den beiden in den Weg.

„Es tut mir leid. Könnten Sie ein wenig zur Seite gehen, sonst komme ich mit meiner Harfe nicht vorbei", bat Adela ruhig. Ludwigs Nachbarin machte nicht die geringsten Anstalten, aus dem Weg zu gehen. Sie lächelte die Musikerin breit an.

„Ah, Sie sind die Harfenistin. Sie haben wundervoll gespielt".

„Danke. Es freut mich, dass es Ihnen gefallen hat. Trotzdem muss ich weiter. Ich habe heute am Abend noch einen anderen Auftritt."

„Ich nehme an im „Hotel Gärtner".

Adela blickte Rosalinde erstaunt an. Hilde trat hinter Rosalinde hervor und kraulte Mucki den Hals, der noch immer diese dämliche Mütze aufhatte. Die Harfenistin betrachtete die beiden Frauen irritiert.

„Darf ich euch Adela vorstellen?", nannte Ludwig schnell ihren Namen. Irgendwie hatte er das Gefühl, Adela vor den beiden beschützen zu müssen. Er mochte keine aufdringlichen Frauen.

„Adela, das sind Rosalinde und Hilde. Sie feiern auch Weihnachten im „Hotel Gärtner".

Die Musikerin verstand und blickte Rosalinde offen in die Augen.

„Kennen Sie sich schon länger?", wollte Rosalinde wissen.

„Weshalb fragen Sie ihn nicht gleich selbst?"

„Das habe ich, aber er hat nichts über Sie erzählt."

„Ach, wirklich? Interessant."

Adela lächelte Ludwig süßsauer an und wandte sich wieder Rosalinde zu.

„Das können Sie ja später im Hotel klären. Wir wollen nämlich nun endlich los. Ludwig, kommen Sie?"

Hilde beobachtete Adela stumm und streichelte weiterhin Mucki. Rosalinde trat einen Schritt zur Seite.

„Natürlich. Verzeihen Sie."

Adela setzte sich in Bewegung.

„Hätten Sie noch zwei Plätze frei?", war sich Rosalinde nicht zu schade zu fragen und sah Adela an, als ob sie die besten Freundinnen wären.

„Unser Bus kommt leider erst in einer halben Stunde. Und Mucki ist schon sehr kalt. Er ist eben ein Stadthund und nicht für das Landleben gemacht."

Wie zur Bestätigung klopfe Rosalinde dem Hund mit der flachen Hand lau auf den Kopf.

„Mein Wagen ist nur ein Zweisitzer. Den Laderaum benötigt meine Harfe."

„Schade, trotzdem vielen Dank", entgegnete Rosalinde.

Die Harfenistin ging an Rosalinde und Hilde vorbei. Ludwig folgte ihr mit der Harfe.

„Ich freue mich schon auf Ihr kleines Weihnachtsständchen", konnte sich Rosalinde nicht verkneifen. Adela tat so, als ob sie es nicht gehört hatte und drehte sich nicht einmal um. Ludwig spürte die stechenden Blicke von Rosalinde und Hilde in seinem Rücken.

Sie waren auf halber Strecke auf dem Weg zum Hotel. Wieso stellte Adela keine Fragen? Andere Frauen hätten sich längst über Rosalinde und Hilde erkundigt oder sich das Maul über die beiden zerrissen. Adela tat genau das Gegenteil, sie schwieg. Es hatte wieder aufgehört zu schneien und die Temperatur war auf minus fünf Grad gesunken. Die Autoheizung lief wie Ludwigs Gehirn auf Hochtouren. Er zermarterte sich den Kopf, was er tun sollte. Jäh läutete sein Smartphone, das er in seiner inneren Manteltasche trug. Er fingerte in seiner Tasche danach und nahm es heraus. Adela betrachtete ihn von der Seite. Ludwig blickte aufs Display.

„Meine Tochter", sagte er mehr zu sich selbst als zu Adela.

„Eine gute Gelegenheit, um reinen Tisch zu machen."

Er ließ das Handy läuten. Nach wenigen Sekunden hörte das Läuten endlich auf und ein Pieps Ton kündigte eine Nachricht in der Mailbox an. Adela machte eine bedauernde Geste.

„Schade. Sie hätten es schon hinter sich haben können. Ich hätte Ihnen gerne zugehört. In schwierigen Situation lernt man einen Menschen erst richtig kennen."

„Sie wollen mich also besser kennenlernen?"

Adela schüttelt belustigt den Kopf.

„Die beiden Damen von vorhin. Diese Rosalinde hätte mich ja am liebsten bei lebendigem Leib zerfleischt. Ist das Ihr Weihnachtsflirt? Oder geht das schon länger?"

Ludwig musterte Adela von der Seite, ehe er darauf reagierte.

„Würde es Sie stören?"

Die Musikerin lachte auf.

„Wieso? Nein. Beim besten Willen nicht!"

„Schade. Es hätte mir gefallen."

Ludwig blickte enttäuscht geradeaus. Adela schaltete einen Gang höher und wandte sich ihm zu.

„Sie sind zweifellos nett ... sehr nett ..."

„Sehr nett. Danke! Das wird ja immer schlimmer", antwortete Ludwig.

„Es tut mir leid. Ich wollte Sie nicht beleidigen. Sie sind ein attraktiver Mann."

„Ich wusste es! Sie können doch Komplimente machen!"

Ludwig warf Adela einen vergnügten Blick zu.

„Ach, Sie Schlingel! Sind also gar nicht so harmlos, wie Sie aussehen!"

Sie schlug ihm sanft gegen den Oberarm. Ludwig grinste sie verwegen an.

„Rosalinde ist nicht meine Freundin. Sie ist meine Nachbarin. Sie verbringt seit drei Jahren Weihnachten hier. Und mein Freund Kurt hat ausgerechnet dieses Hotel für uns ausgesucht."

„Eine Fügung des Schicksals. Dies ist sicher ein Zeichen."

„Ja. Ein Alarmzeichen."

Adela lachte lauthals auf, trat fester aufs Gaspedal, um einen Lastwagen zu überholen. Ludwig hielt sich ängstlich am Haltegriff fest, da ein entgegenkommendes

Auto schon gefährlich nah war. Er ließ den Griff erst los, nachdem sich Adela wieder vor dem Lastwagen einreihte. Sie fuhren nun einen schneebedeckten Hügel empor. Auf halber Höhe befand sich ein Gasthaus, das von einem Waldstück umrandet war. Ludwig sah Adela schmachtend an. Sie spürte seinen Blick und ihre Mundwinkel zogen sich nach oben.

„Was haben Sie?", fragte sie. Zum ersten Mal lag Unsicherheit in ihrer Stimme.

„Ich würde gerne noch Zeit mit Ihnen verbringen. Am Abend sind Sie ja dann beschäftigt", gestand Ludwig der Harfenistin. Er hatte all seinen Mut zusammengenommen, weil er dies schon Jahrzehnte lang mehr keiner Frau außer seiner Ehefrau gesagt hatte.

„Haben Sie es immer so eilig?"

„Laut Statistik bleiben mir noch zwölf Jahre. Worauf soll ich also warten?"

„Statistiken werden doch meist gemacht, um Menschen zu manipulieren."

„Wir könnten essen gehen? Oder einen Spaziergang machen?"

Adela überlegte einen Moment, trat auf die Bremse, schaltete den Blinker ein und stellte den Wagen auf den Parkplatz vor dem Gasthaus ab. Für Ludwig war das eine Zustimmung.

13

Im Gasthaus hatten sie nur Kaffee getrunken und beschlossen, einen Spaziergang zu machen. Ludwig stapfte neben Adela durch den Schnee einen verschneiten Forstweg entlang. Manchmal warf er ihr verstohlene Blicke zu und erfreute sich an Adelas wohlgeformtem Gesicht. Sie hatte die Haare zu einem Knoten gebunden und ihre Augen strahlten im Sonnenlicht. Auf ihren vollen Lippen lag ein sanftes Lächeln und zum ersten Mal spürte Ludwig das Verlangen, Adela zu küssen. Was soll das, haderte er mit sich. Du führst dich auf wie ein pubertierender Sechzehnjähriger. Vollkommen idiotisch und peinlich, ging er hart mit sich ins Gericht.

„Kennen Sie sich in der Gegend hier aus?", versuchte er wieder einen klaren Gedanken zu fassen. Adela schüttelte den Kopf.

„Ich bin auch zum ersten Mal hier. Es ist schön hier."

„Vielleicht ein wenig viel Wald."

„Ja, reichlich Wald. Nur Wald. Ist ja auch das Waldviertel", lachte Adela. Sie nahm plötzlich Ludwigs Arm und hängt sich bei ihm ein.

„Lassen wir uns überraschen, wohin uns der Weg führt".

Ludwig spürte ihren zarteren Arm unter seinem und drückte ihn sanft an sich. Es war klirrend kalt und die Äste der Bäume zentimeterhoch mit Schnee bedeckt.

Wie eine Fotografie erschien Ludwig der Winterwald, eingefroren, festgehalten. Gleichzeitig war Ludwig unsicher, ob es Wirklichkeit war oder doch nur ein Tagtraum. Glücklicherweise spürte er Adelas Arm und dies überzeugte ihn, tatsächlich mit der Musikerin auf der Forststraße unterwegs zu sein. Er grübelte, ob er noch viele Spaziergänge mit ihr unternehmen würde. Plötzlich hatte er die Befürchtung, enttäuscht zu werden.

„Ist alles in Ordnung bei Ihnen?", fragte Adela mit leiser Stimme, als würde sie intuitiv ahnen, dass Ludwig an sie dachte.

„Ja … ja. Ich war nur … in Gedanken."

Ludwig löste sich von Adelas Arm und bewegte sich auf einen Baumstumpf zu, der am Wegrand stand. Adela blieb zurück und wartete ab. Ludwig zog seinen Lederhandschuh aus, beugte sich hinunter und strich behutsam den Schnee von dem Baumstumpf. Das kalte Weiß auf seinen Fingern beruhigte ihn. Er formte langsam einen Schneeball. Er kam sich auf einmal wie ein Kind vor. Übermütig nahm er Adela ins Visier, die hinter einer Fichte in Deckung ging.

„Wagen Sie es ja nicht! Das kommt Sie teuer zu stehen", warnte sie in strengem Ton. Statt einer Antwort warf Ludwig den Schneeball in ihre Richtung. Patsch! Er traf sie an der rechten Schulter.

„Das werden Sie büßen!", rief sie, griff blitzartig mit einer Hand in den Schnee und formte geschickt einen Ball daraus. Ludwig sah sich nach einer Deckung um und eilte auf die Eiche am Waldrand zu. Seine verletzte Zehe schmerzte. Bevor er sich hinter den Stamm ducken konnte, traf ihn Adelas Schneeball am Hals.

„Volltreffer!", jubelte sie. „Und das ist erst der Anfang".

Ludwig wischte sich den Schnee vom Mantelkragen. Er bückte sich, formte den nächsten Schneeball und schoss auf Adela, die flink auswich. Eher er sich versah, hatte sie den nächsten Schneeball geworfen und traf seine Stirn.

„Entschuldigung!", grinste Adela. Hurtig griff Ludwig in den Schnee und hetzte auf Adela zu. Abwehrend hielt sie die Hand vor sich.

„Sie werden doch nicht tun, was ich vermute. Nein, Ludwig. Nein!"

Ludwig hielt einen Haufen Schnee in der rechten Handfläche. Mit einem angriffslustigen Grinsen näherte er sich ihr.

„Warum nicht? Sie haben mich auf der Stirn getroffen!"

„Nein, Ludwig. Das ist nicht fair. Sie sind viel stärker als ich."

„Machen Sie nicht auf hilflose Frau."

„Bleiben Sie, wo Sie sind. Keinen Schritt näher, Ludwig!"

„Sonst? Eine Handvoll Schnee hat noch niemand geschadet."

Ludwig war nur mehr einen Meter von Adela entfernt, die schützend die Hände vor ihr Gesicht hielt. Er wollte sie mit dem Schnee einreiben. Adela wehrte ab. Sie packte lachend seine Hand und wollte im Gegenzug ihn einreiben. Die beiden rangelten. Irgendwie schaffte es Ludwig, ihr Schnee ins Gesicht zu drücken.

„Sie! ... Sie …", brachte sie nur heraus, weil sie Schnee schluckte und nicht mehr damit gerechnet hatte.

„Sie Schuft!", schimpfte Adela und wischte sich den Schnee aus dem Gesicht.

„Jetzt sind wir quitt. Friede", sagte Ludwig.

„Niemals. Meine Rache wird furchtbar sein", prophezeite ihm Adela und ihre grünen Augen funkelten herausfordernd.

„Das verzeihe ich Ihnen nie. Nie. Nie. Nie."

Adela fuchtelte vor ihm herum, bis sie selbst einen Lachanfall bekam und damit Ludwig ansteckte.

„Zehn Jahre! Zehn Jahre muss es her sein, dass ich eine Schneeballschlacht gemacht habe. Traurig, finden Sie nicht? Ich danke Ihnen, Ludwig. Aber wiegen Sie sich nicht in Sicherheit. Meine Rache wird kommen, wenn Sie es am allerwenigsten vermuten", kündigte Adela mit erhobenem Zeigefinger an.

„Sollen wir ins Gasthaus gehen? Ist ihnen kalt?"

„Nur wegen dem bisschen Schnee? Ich bin keine Barbie. Nein, wir machen nun unseren Weihnachtsspaziergang. Sie haben ihn mir versprochen. Oder wollen Sie schon zurück ins Hotel fahren?"

Ludwig schüttelte den Kopf. Er würde Adela gegenüber nie zugeben, dass ihn seine Zehe schmerzte und er lieber zum Auto zurückgegangen wäre.

„Nein. Gehen wir weiter."

Sie schritten wortlos voran. Die Strahlen der Wintersonne brachen durch die Äste und tauchten den Wald in ein märchenhaftes Licht. Es war ein Spiel aus Licht und Schatten. Bisher war ihnen kein Mensch begegnet. Ihre Arme berührten sich bei jedem Schritt, so nah gingen sie beieinander. Sie schlenderten zehn Minuten die langsam aufsteigende Forststraße empor und erreichten plötzlich ein Plateau. Von dort konnte man weit ins Land schauen. Adela blieb entzückt stehen. Ludwig war beeindruckt von der makellosen Winterlandschaft, die sich vor ihnen auftat. Das Sonnenlicht tauchte die Hügel in ein Glitzern und Funkeln, wie es Ludwig noch nie gesehen hatte. Er blieb neben Adela stehen.

„Danke", flüsterte er. „Vielen Dank, dass Sie mich zu diesem Spaziergang überredet haben."

Er schloss die Augen, um das Bild dieser Landschaft in seiner Erinnerung zu verankern. Er wollte den wunderbaren Moment in sein Herz einschließen.

„Ich … ich kann Ihnen gar nicht sagen, wie sehr ich diesen Anblick genieße … ich meine …", stammelte Adela. Dann schwieg sie und blickte Ludwig lange und tief in die Augen. Er hatte das Gefühl, sich darin zu verlieren. Wollte sie, dass er sie küsste? Eine bessere Gelegenheit gibt es nicht, dachte Ludwig, aber anstatt sich ihrem Gesicht zu nähern, wandte er sich schüchtern ab. Wieso traute er sich nicht? Flackerte da eine Spur Enttäuschung über ihr Gesicht? Er hatte jahrzehntelang lang keine andere Frau geküsst. Lag es daran? War er einfach aus der Übung, hatte er verlernt, den richtigen Zeitpunkt zu erkennen oder waren das einfach nur Ausreden für seine Unsicherheit? Sie standen schweigend nebeneinander und blickten in die weite Welt. Lag dort in der Ferne eine gemeinsame Zukunft? Ludwig horchte in sich hinein, empfing aber kein eindeutiges Gefühl. Leider Gottes.

Auf dem Rückweg wechselten sie kaum ein Wort miteinander. Sie tauschten nur das Du-Wort aus. Adela ging die ganze Strecke ein paar Meter vor ihm. Hin und wieder drehte sie sich um, wich aber seinem Blick aus, und setzte ihren Weg alleine bis zum Auto fort. Sie hatte bereits den Wagen gestartet und die Windschutzscheibe geschabt, als Ludwig einen Fuß auf den Parkplatz setzte. Er zog seinen Mantel aus, öffnete die Beifahrertür und ließ sich auf den Sitz fallen. Den Mantel legte er sich über den Schoß. Bevor er sich angeschnallt hatte, setzte sich der Lieferwagen in Bewegung. Adela hatte das Radio eingeschaltet. Ludwig deutete dies als Zeichen, dass sie sich nicht unterhalten wollte. Warum wollte sie nicht mit ihm reden? Er verstand diese Frau nicht. Ohne sie zu fragen, schaltete er das Radio aus. Sie zeigte keine Reaktion.

„In zwanzig Minuten sind wir im Hotel", begann Ludwig. Seine Hände zitterten. Er hoffte, dass es Adela nicht bemerkte. Sie konzentrierte sich auf die Straße.

„Und dann? Was ist, wenn wir wieder zurück im Hotel sind?"

Er behielt die Musikerin gespannt im Auge. Hatte sie ihn nicht gehört? Oder wollte sie ihn nicht hören? Gleich darauf reduzierte sie das Tempo.

„Keine Ahnung. Du weißt ja, heute ist das Weihnachtsdinner und ich muss den ganzen Abend spielen."

„Und dann?"

Ihm fiel das Zucken eines Mundwinkels in Adelas Gesicht auf. Dann lenkte sie den Wagen an den Straßenrand, stellte den Motor ab und sah ihm geradewegs in die Augen.

„Ich weiß es nicht. Sag du es mir?"

Ihre Nasenflügel bebten leicht, während sie fragte. Am liebsten hätte ihr Ludwig erklärt, dass er sich auf dem Weihnachtsmarkt in sie verliebt hatte. Da blitzte wieder das Bild seiner Frau auf. Wieso störte sie ihn gerade in diesem Augenblick? Sie war ja tot, weshalb mischte sie sich dennoch andauernd in sein Leben? Sie hatte ihn verlassen, nicht er. War es, weil er acht Monate nach ihrem Tod verliebt in einem Auto mit einer fremden Frau saß? Das klang grotesk. Es waren ja seine eigenen Gedanken und seine eigenen Bilder, die diese Bedenken auslösten. Auf einmal war er nicht mehr ganz sicher, ob er wirklich in Adela verliebt war. Bildete er sich alles nur ein? Wäre es nicht Adela gegenüber unfair, von ihr Gewissheit zu verlangen, wenn er selbst noch keine Klarheit fand? War es ihm ernst oder hatte er sich bloß einsam gefühlt und sich nach der Berührung einer Frau gesehnt? Zugegeben, einer aufregenden Frau. Warum, um Himmels willen, zerdachte und analysierte er sofort wieder alles? Schluss damit. Lebe! Lebe endlich! Verdammt noch einmal!

„Ich weiß es nicht. Aber es ist schön. Sehr schön. Mit dir", beteuerte Ludwig ehrlich. Er spürte den Schweiß auf seinen Händen, dafür zitterten sie nun nicht mehr. Adelas Blick hellte sich auf.

„Ich danke dir für deine Aufrichtigkeit. Ich fühle mich auch sehr wohl in deiner Nähe."

Sie saßen eine Zeit lang einfach nur da und sahen sich an, lächelten. Auf einmal presste Adela die Lippen auf einander, griff ans Lenkrad, drehte den Zündschlüssel und startete den Wagen. Gleich darauf fuhren sie weiter. Ludwig konnte zwar nicht einschätzen, was dies genau bedeutete, aber er hörte auf, sich darüber Gedanken zu machen. Leicht und gelöst fühlte er sich in diesem Moment. Die Autofahrt verlief unspektakulär. Manchmal beobachtete er Adela. Er mochte ihre Ohren. Aber was gefiel ihm nicht an ihr? Sie sprachen über allgemeine Themen und sparten bewusst persönliche Dinge aus. So verging die Zeit wie im Flug und auf einmal parkte der Lieferwagen auf dem Hotelparkplatz. Adela sah Ludwig ruhig an.

„Da sind wir wieder. Nun dauert es nur mehr ein paar Stunden bis zum Christkind."

„Ja. Das Beste daran wird dein Harfenspiel sein", stand für Ludwig fest. Adela legte ihre Hand auf seine. Sie war weich und warm. So wie der Blick, den sie ihm schenkte.

„Ich werde den Weihnachtsmarkt in Zwettl immer in bester Erinnerung behalten", legte er sanft nach. Adela nahm ihre Hand von seiner und öffnete die Tür. Ludwig stieg ebenfalls aus und schlüpfte in seinen Mantel. Er half Adela, die Harfe aus dem Kastenwagen zu heben. Sie standen sich nun ganz nahe. Wange an Wange. So nah wie noch nie. Ludwig konnte ihren Atem riechen. Ihre Augen funkelten unergründlich. Am liebsten hätte er sie an sich gezogen und ihr einen Kuss auf die Lippen gehaucht. Wieso zögerte er schon wieder? Nein, er durfte nicht wieder in seinen alten Trott fallen. Er trat näher. Er würde jetzt …

„Adela!", hörte er plötzlich eine männliche Stimme, die ihn ebenso überrascht herumschrecken ließ wie die Musikerin. Ein gutaussehender Mann mit schwarzen Haaren steuert mit festem Schritt auf die beiden zu. Er trug einen schwarzen Anzug, ein weißes Hemd und eine rote Krawatte. Ludwig hielt ihn für einen Geschäftsmann, so wie er gekleidet war und sich verhielt. Er hatte gezupfte Augenbrauen, blaue Augen und war glattrasiert. Er musste Mitte fünfzig sein. Adela warf Ludwig einen bedauernden Blick zu. Ihr Gesicht war schlagartig kreideweiß geworden. Der Mann lächelte Adela an.

„Ich wollte dich überraschen", sagte er mit sonorer Stimme.

„Die Überraschung ist dir wirklich gelungen", antwortete Adela distanziert. Ludwig stand wie angewurzelt da. Er hatte nicht die leiseste Ahnung, was hier gerade ablief. Der Mann deutete mit der Hand fragend auf Ludwig.

„Wolfgang, das ist Ludwig. Er ist Gast im Hotel und hat mir beim Ausladen der Harfe geholfen", fügte sie schnell hinzu. Ludwig spürte plötzlich einen stechenden Schmerz in seiner Brust. Wie gnädig, ärgerte er sich über ihre reservierten Worte.

„Ludwig, das ist Wolfgang. Mein Mann", betonte sie, ohne Ludwig in die Augen zu schauen. Er fühlte sich, als habe er eine wuchtige Gerade gegen sein Kinn bekommen. Innerlich strauchelte er und war kurz davor k.o. zu gehen. Nach außen blieb er gelassen und versuchte seine Enttäuschung zu verbergen. Er reichte Wolfgang die Hand und musterte ihn eingehend.

„Freut mich."

„Mich auch."

„Ich werde dann auf mein Zimmer gehen. Und Sie nicht länger stören."

„Genau. Ja. Wir sehen uns dann am Abend, Ludwig", entgegnete Adela knapp. Sie wich seinem forschenden Blick aus.

„Stimmt, heute ist ja Weihnachten. Das heurige wird mir in besonderer Erinnerung bleiben", konnte sich Ludwig nicht verkneifen. Er ließ die beiden stehen und bewegte sich schwerfällig auf die Glastür zu. Warum schmerzte seine Zehe plötzlich wieder so? Aus dem Augenwinkel beobachtete er, wie sich Adela und ihr Mann aufgeregt unterhielten. Ludwig betrat die Aufzugskabine wie ein begossener Pudel. Er ballte die Faust. Er war wütend auf Adela, wütend auf den attraktiven und jüngeren Wolfgang, wütend auf seine Frau und ihren Tod und vor allem wütend auf sich selbst. Wie hatte er sich nur einbilden können, dass die Harfenistin an ihm Interesse haben könnte? Wie hatte er sich nur in sie verlieben können? Idiot! Vollidiot! Warum war er nicht einfach in seinem Bett geblieben? Weshalb hatte er nicht Weihnachten mit seiner Tochter gefeiert? Wie unendlich lächerlich und dumm er sich vorkam. Natürlich war Adela verheiratet. Wieso sollte eine so schöne Frau auch nicht verheiratet sein? Was hatte er bloß angenommen? Dass eine Frau plötzlich wie eine Schneeflocke vom Himmel in sein Leben schneite? Lächerlich. So etwas passiert vielleicht im Film, aber nicht im richtigen Leben. Willkommen in der Realität. Adela ist verheiratet. Punkt. Daran gibt es nichts zu rütteln. Damit war die Romanze, die in Ludwigs Fantasie für einige Stunden stattgefunden hatte, schlagartig vorbei, bevor sie überhaupt begonnen hatte. Ludwig schlug verstimmt mit der Faust gegen die Metallwand.

Danke, mein liebes Leben, dass du mir heute mit voller Wucht in die Hoden getreten hast. Wahrscheinlich habe ich es nicht anders verdient. Ich gehe jetzt schleunigst in mein Zimmer, verkrieche mich unter meiner Tuchent und verschlafe hoffentlich das verdammte Weihnachten. Scheibenkleister. Verdammter.

14

„Du hast dich in der Toilettenkabine eingesperrt? Dann ist dir ein Taxler über deine große Zehe geknattert? Und zu guter Letzt hast du eine interessante Frau kennengelernt und eben erfahren, dass sie verheiratet ist? Heißt du auf einmal Baron Münchhausen und lügst mir das Blaue vom Himmel? Oder bist du gerade der Held in einem Actionfilm? Kann man dich denn nicht einmal alleine verreisen lassen?", lachte Kurt und schnappte nach Luft. Gleich nach einem ausgiebigen Schaumbad hatte Ludwig die Telefonnummer seines besten Freundes gewählt. Er hatte ihm alles detailliert geschildert und hoffte nun auf einen Ratschlag.

„Und? Was wirst du nun tun?", fragte Kurt mit ruhiger Stimme.

„Nichts. Sie ist verheiratet."

„Hast du dich denn nicht gefragt, weshalb sie dann mit dir wegfährt und dir einen Schneeball gegen die Stirn ballert?"

„Ich habe keinen blassen Schimmer, wie Musikerinnen ticken. Vielleicht sind sie unverbindlicher und zügelloser als wir Normalsterblichen? Ich hatte ja bis vor wenigen Stunden leider noch nie das Vergnügen …"

„Warum stellst du sie nicht einfach zur Rede? Ihr wird das plötzliche Auftauchen ihres Mannes genauso so unangenehm wie dir gewesen sein."

Ludwig schwieg. Er hielt es für das Beste, Adela aus dem Weg zu gehen. Nach den Feiertagen würde er sie ohnehin nie wieder sehen.

„Dumme Sache", unterbrach Kurt seine Gedankengänge. Danach folgte schweres Keuchen, das alles andere als beruhigend für Ludwig klang.

„Kurt? Ist bei dir alles in Ordnung? Ich habe ganz vergessen, dass du im Spital liegst."

„Keine Angst! Mir geht es gut. Ich werde hier ausgezeichnet von den Schwestern versorgt. Außerdem. Unkraut vergeht nicht."

„Dann bin ich ja beruhigt. Weißt du schon, wann du wieder nach Hause darfst?"

„Wenn alles glatt geht, in zwei Wochen. Aber mich interessiert jetzt viel mehr, was du vorhast? Wird der „Entwurf Adela" irgendwo im Schrank abgelegt und vermodert dort die nächsten Jahre oder formst du ein architektonisches Kunstwerk daraus? Wie geht es denn jetzt weiter?", ließ Kurt nicht locker und verärgerte Ludwig. Er fragte sich, ob es nicht doch ein Fehler gewesen war, seinen besten Freund einzuweihen.

„Sie wird wohl über die Planungsphase nicht hinauskommen."

„Spinnst du? Sie beschäftigt dich oder etwa nicht?"

„Ja, sie regt mich auf. Sie irritiert mich. Fasziniert mich. Alles auf einmal."

„Ach, du heilige Scheiße. Du hast dich verliebt."

116

Ludwig antwortete nicht darauf. Wozu auch? Kurt hatte den Nagel auf den Kopf getroffen.

„Dann ist dir ohnehin nicht mehr zu helfen. Und das mit fünfundsechzig!"

„Ich weiß. Und danke für die Erinnerung an mein fortgeschrittenes Alter. Ich werde ihr jedenfalls aus dem Weg gehen."

„Natürlich. Und ich bin der Kaiser von China."

Wenig später beendete Kurt das Telefonat, da er eine Infusion verabreicht bekam. Ludwig versprach ihm nach dem Dinner nochmals anzurufen. Er legte nachdenklich sein Handy auf sein Nachtkastchen. Seine Tochter hatte während des Telefonats erneut versucht, ihn zu erreichen. In einer Dreiviertelstunde würde Anna mit ihren beiden Kindern die Familienmette im siebten Wiener Bezirk besuchen. Sein Schwiegersohn Günter würde wie jedes Jahr inzwischen in Ruhe die Geschenke unterm Christbaum platzieren. Danach würde er die Christkind-Glocke aus Messing hervorkramen, und sich Streichhölzer zurechtlegen, um zum richtigen Zeitpunkt die Christbaumkerzen und Sternspritzer anzuzünden. Gegen fünf Uhr Nachmittag hatten seine Frau und Ludwig früher die geräumige Wohnung seiner Tochter in der Neubaugasse betreten. Seitdem ihr erstes Enkelkind, Lena, das Licht der Welt erblickt hatte, feierten sie den „Heiligen Abend" bei Anna. Am Christtag lud Ludwig traditionell die gesamte Familie zum Mittagessen ein. Jedes Mal in ein anderes Restaurant. Vergange-

nes Jahr war das wegen des schlechten Gesundheitszu-
standes seiner Frau nicht mehr möglich gewesen. So
kamen die Familie und sein Sohn Alexander, der extra
aus Barcelona angereist war, in ihrer Villa zusammen.
Anna hatte am Vortag den Christbaum aufgeputzt. Der
Truthahn und die Beilagen wurden geliefert und für die
Getränke hatte Ludwig gesorgt. Gemeinsam mit Alexander hatte er seine Frau aus ihrem Pflegebett in den
Rollstuhl gehoben. Seine Frau hatte herzhaft gelacht, da
ihr Sohn Extrarunden durchs Haus gedreht und Scherze
mit ihr gemacht hatte. Anschließend hatte er sie direkt
vor der prächtig geschmückten drei Meter hohen Tanne
abgestellt. So ausgelassen hatte Ludwig seine Frau lange
nicht mehr gesehen. Und auch danach nicht mehr. Es
schien, als habe sie gewusst, dass es ihre letzten Weihnachten mit der Familie sein würden. Und die letzten
mit ihm. Tränen schossen Ludwig in die Augen. Reglos
blieb er auf dem Rücken im Bett liegen. Während die
Kerzen gebrannt und die Sternspritzer gefunkelt hatten,
hatte seine Frau wie ein kleines Kind gestrahlt. Die ganze Familie war um den Rollstuhl gestanden und hatte
Weihnachtslieder gesungen. Viele, mehr als sonst und
feierlicher. Die Kerzen hatten geflackert und die Sternspritzer geknistert. Ludwig hatte seine Hand auf die
Schulter seiner Frau gelegt. Nachdem ihr alle um den
Hals gefallen waren, hatte sie das Geschenkeauspacken
entrückt beobachtet. Eine riesige, helle Schwelle war
ihm jäh in den Sinn gekommen, die seine Frau alleine

118

würde überwinden müssen. Die Frage war nur, wie viel Zeit sie noch bis zum Aufbruch hatte? Tage, Monate oder Jahre? Völlig unerwartet hatte sie seine Finger genommen und seinen Handrücken geküsst. Ludwig seufzte, wischte sich die Tränen aus dem Gesicht und schloss müde die Augen. Irgendwann schlief er ein.

Das Handyläuten schreckte ihn auf. Von draußen drang nur spärlich Licht ins Zimmer. Wo war er? Ludwig benötigte einige Sekunden, um sich zu orientieren. Das Display seines Handys leuchtete bläulich. Hurtig griff er danach. So spät? Es war bereits sechs Uhr. Erschrocken fuhr er im Bett hoch und setzte sich an die Bettkante. Das Handy läutete unerbittlich weiter. Es war seine Tochter. Jetzt gab es kein Ausweichen mehr. Er streckte sich, zupfte sich sein Kissen zurecht und lehnte sich an die Wand. Bevor er abhob, atmete er noch einmal durch und entschied sich, im Stehen zu telefonieren. Schnell kroch er aus dem Bett und nahm den Anruf an.

„Ja? Anna?"

„Papa? Wo bist du?"

„Ich bin eingeschlafen und habe leider die Zeit übersehen."

„Gott sei Dank! Wir haben uns schon große Sorgen gemacht." Ihre Stimme klang ehrlich erleichtert. Ludwig spähte vom Balkonfenster hinunter zum Teich.

„Lena und Lorenz waren ganz verunsichert. Weihnachten ohne Opa geht für sie gar nicht. Wahrscheinlich weil ihnen der Tod von Mama noch zu schaffen macht."

Ludwig spürte, wie sich seine Kehle zusammenschnürte. An seine Enkelkinder hatte er keinen Gedanken verschwendet, als er sich entschieden hatte, Weihnachten im Waldviertel zu feiern. Er hatte auch nicht an seine Tochter oder ihren Mann gedacht, sondern nur an sich selbst. Auf einmal fühlte sich seine Entscheidung falsch und rücksichtlos an. Merkwürdig. Wieso reihte er die anderen vor sich und sich selbst immer an letzter Stelle? In Ludwig stieg Zorn auf. Ging es nicht um ihn? Litt nicht er am meisten unter dem Tod seiner Frau und der Leere, die sie zurückgelassen hatte. Er musste alleine wohnen, er musste mit den vielen Erinnerungen darin klarkommen. Nein, er brauchte seine Entscheidung nicht zu bereuen. Es war seine Angelegenheit. Seine allein.

„Deshalb haben wir die Bescherung ohne dich gemacht. Damit sie abgelenkt sind und auf andere Gedanken kommen. Ich hoffe, du hast Verständnis dafür."

„Gewiss. Haben sie sich wenigstens über die Geschenke gefreut?"

„Lena ist ganz stolz auf ihr neues Smartphone. Die Drohne von Lorenz umkreist schon seit einer Viertelstunde den Christbaum. Günter und er rangeln um die Fernsteuerung. Jeder möchte der Pilot sein."

Annas herzliches Lachen erfüllte Ludwig mit Freude. Sie schien gut aufgelegt zu sein. Hoffentlich hielt die ausgelassene Stimmung noch länger an.

„Soll ich dich abholen? Dann wärst du in ein paar Minuten hier. Oder nimmst du dir ein Taxi?"

Ludwig räusperte sich, bevor er sprach. Das Versteckspiel musste endlich ein Ende haben.

„Anna, ich … ich werde heute nicht kommen."

Er schwieg, um die Worte wirken zu lassen und Anna Zeit für eine Antwort zu geben.

„Du möchtest diesmal Weihnachten allein feiern? Und nicht zu uns kommen?", wiederholte Anna, mehr zu sich als zu Ludwig. Sie versuchte, Zeit zu gewinnen.

„Es ist wohl wegen Mama. Okay. Ein wenig überraschend. Ehrlich. Ich hätte mir nur gewünscht, dass du ein wenig früher etwas gesagt hättest. Dann hätte ich die Kinder darauf vorbereiten können."

„Es tut mir leid."

„Ich werde es ihnen schon irgendwie erklären. Sie werden traurig sein, aber sie werden es akzeptieren. Wir sehen uns ja morgen eh zum Mittagessen. Ich vertröste sie einfach. Du hast noch nicht gesagt, wohin wir -."

„Anna", unterbrach Ludwig seine Tochter. „Ich bin nicht zu Hause. Ich bin im Waldviertel."

„Was? Wo bist du?", stammelte sie erstaunt ins Telefon.

„Im „Hotel Gärtner" im Waldviertel."

„Aha. Und was tust du dort?", fragte sie verständnislos. Ludwig bemühte sich kumpelhaft zu klingen. Er entdeckte plötzlich Rosalinde und Hilde, die mit Mucki an der Leine das Teichufer entlang stapften.

„Kurt und ich wollten Weihnachten hier feiern. Er hat mich eingeladen."

„Aber Kurt liegt im Spital", stellt seine Tochter gereizt fest. Ihr Frust war nicht zu überhören. Er wunderte sich, wie ruhig er blieb. Er hatte sich nicht korrekt verhalten, aber es änderte nichts.

„Ja, ich bin trotzdem gefahren. Ich wollte einfach Weihnachten diesmal anders feiern. Ich hoffe, du verstehst das?"

„Hat es dir bei uns nicht gefallen?"

„Anna, hör auf nach Gründen zu suchen. Du bist toll. Ich liebe Lena und Lorenz über alles und ich schätze deinen Mann. Ich feiere gerne mit euch. Aber diesmal ist es anders. Heuer wollte ich zum ersten Mal in meinem Leben Weihnachten alleine feiern."

„Du bist nicht alleine. Du hast uns. Und Alexander."

„Ich weiß. Nächstes Mal komme ich gerne wieder zu euch."

„Warum hast du uns das nicht früher gesagt?"

„Ich hatte Angst, dass du am Boden zerstört bist. Und mich zu überreden versuchst, mit euch zu feiern."

„Bin ich wirklich so ein Kontrollfreak?"

„Nein. Du gehst viele Dinge entschlossen wie deine Mutter an. Ihr seid euch sehr, sehr ähnlich."

„Sie fehlt mir."

„Ja, mir auch."

Ludwig hörte wie der Atem seiner Tochter stockte. Seine Stimme war leiser geworden. Er stand für ein paar Sekunden einfach nur da und lauschte in die Stille seines Zimmers.

„Ich verstehe dich. Aber ich gebe zu, ich bin wütend."

„Es tut mir leid. Ich wollte dich nicht verletzen."

„Ich habe kein gutes Gefühl dabei, dass du ganz allein im Waldviertel feierst. Mit all den fremden Leuten."

„Sie sind ganz in Ordnung. Außerdem kann ich mich jederzeit auf mein Zimmer zurückziehen."

„Trotzdem."

„Ich wollte es so."

„Okay. Wann kommst du wieder nach Wien?"

„Am 26. Dezember. Am Abend."

„Wie es aussieht, entfällt also heuer das Mittagessen am Christtag."

„Nur für mich. Für euch habe ich in eurem Stammrestaurant einen Tisch reserviert."

„Wirklich? Danke. Dein Geschenk bekommst du dann, wenn wir uns sehen. Übrigens: frohe Weihnachten"

„Dir auch frohe Weihnachten. Und dem Rest der Familie."

„Willst du mit ihnen sprechen?"

„Nein. Erkläre du es ihnen."

„Dann hören wir jetzt auf. Ich muss das erst einmal verdauen."

„Es geht mir wirklich gut. Ich liebe dich."

„Ich dich auch, Paps."

Ludwig hörte, wie seine Tochter das Telefonat beendete. Sie würde ihm das nachtragen. In dieser Hinsicht hatte Anna ein Elefantengedächtnis. Für ihn war die Angelegenheit nun geklärt. Er trat einen Schritt näher an die Balkontür. Rosalinde und Hilde waren aus seinem Blickfeld verschwunden. In gut zwei Stunden begann das Weihnachtsdinner. Dort würde er die beiden, Ewald, Erika und Franziska treffen. Adela würde ihre Harfe zupfen und für die Hintergrundmusik sorgen. Irgendwo würde ihr Mann sitzen, ihrem Spiel lauschen und mit ihr die Nacht verbringen. Scheibenkleister. Was sollte er bloß tun? Sollte er das Essen schwänzen und Weihnachten alleine in seinem Zimmer feiern? Nein, das kam überhaupt nicht in Frage. Wegen Adela zog er sich nicht zurück. Diesen Gefallen tat er ihr nicht. Mit Rosalinde wollte er auch ein klares Wort sprechen. Sie sollte ihn endlich in Ruhe lassen. Alle sollten ihn in Ruhe lassen. Alle Rosalindas, Hildes und Adelas – oder wie sie eben hießen. Er hatte genug von den Frauen. Es reichte. Sie konnten ihm gestohlen bleiben. Wahrscheinlich wäre es besser, wenn er augenblicklich in ein Kloster eintrat und den Frauen abschwor. Er könnte sich gleich an der Rezeption erkundigen, welches Kloster in der Nähe wäre. Stift Altenburg? Stift Göttweig? Oder am besten gleich eines in Tschechien oder in der Slowakei. Dann hätte er seine Ruhe und als Mönch das Thema Frauen ein für alle Mal abgehakt. Falls dies überhaupt möglich war, grinste er. Nein, er war nicht der Typ, der sein Leben hinter den Mauern eines Klosters verbrachte und sein Leben ausschließlich Gott widmete. Da ging er doch viel lieber zum Weihnachtsdinner und riskierte es, Adela wieder zu sehen.

15

Es schneite. Großbauchige, fluffige Flocken. Ludwig hatte den Ohrensessel an die Balkontür geschoben und das Licht abgedreht. Er saß im Stillen da und beobachtete, wie die Schneeflocken im Scheinwerferlicht des Hotels lautlos auf die Erde schwebten. Er richtete sich mit der linken Hand seinen Ehering. Das Gold fühlte sich kalt an. Er hatte ihn nach dem Tod seiner Frau nicht abgelegt. Er sah keinen Sinn darin. Möglicherweise kam irgendwann die Zeit, aber noch war es nicht so weit. Als seine Frau aufgebahrt im Sarg gelegen war, hatte er ihr den Ring vom Finger gezogen. Er kam sich schäbig dabei vor, obwohl ihn seine Frau darum gebeten hatte, den Ring nach ihrem Tod ihrer Tochter zu schenken. Was nützt mir der Ring unter der Erde, hatte seine Frau gesagt. Auf ihrem Ringfinger war noch ganz deutlich der Ringabdruck zu erkennen gewesen. Die vielen gemeinsamen Jahre hatten seine Spuren hinterlassen. Ihre Hand hatte ungewohnt nackt ausgesehen. Sie hatte den Ring nicht einmal zum Schlafen abgenommen. Nun lag er einsam in einer weinroten Samtschatulle im Tresor im Haus. Wenn Ludwig ihn manchmal herausnahm, hatte er den Eindruck, dass das Gold weniger hell funkelte als am Finger seiner Frau. Würde das Funkeln einmal ganz verschwinden? Wahrscheinlich in dem Augenblick, in dem er ihr gemeinsames Band zerriss und sich für eine neue Frau entschied. Falls dies überhaupt je geschehen würde.

Die Uhr auf seinem Handydisplay zeigte zwanzig vor acht an. In fünfzehn Minuten trafen sie sich unten im Festsaal. Er fühlte eine Unruhe in sich. Den Grund dafür wusste er ganz genau. Beruhige dich, redete er sich gut zu. Adela wird das Wiedersehen genauso unangenehm sein wie dir. Was hatte sie wohl ihrem Ehemann erzählt? Die Wahrheit? Aber was war die Wahrheit? Er wusste es ja nicht einmal selbst. Er nahm sich vor, sie nur zu grüßen und sich die meiste Zeit an Rosalinde und die anderen zu halten. Ludwig musste plötzlich laut auflachen. Rosalinde als Schutzschild gegen Adela. Wie verrückt war die Welt von einer Stunde auf die andere geworden? Warum sollte er ein Aufeinandertreffen hinauszögern? Das änderte auch nichts. Die Magie zwischen Adela und ihm war sowieso vorbei. Davon ging Ludwig aus. Er stützte sich mit beiden Händen auf die Armlehnen und wuchtete sich aus dem Sessel. Mit der Handfläche strich er sein weißes Hemd glatt. Er beugte sich vor, fingerte nach seinem Handy auf der Sessellehne und steckte es in die Innentasche seines Sakkos. Seine schwarzen Lederschuhe hatte er längst angezogen. Ohne weitere Schmerzmittel zu nehmen, hatte er seine große Zehe hineingezwängt. Anfangs tat es höllisch weh, doch mit der Zeit ließ es sich aushalten. Schon seit seiner Kindheit ging er mit Medikamenten sorgsam um. Er nahm sie nur, wenn er keine andere Möglichkeit sah.

Ludwig trat ins Bad, zupfte sich die Haare zurecht und hielt seine Hand unter das kalte Wasser. Er strich sich damit über die Stirn. Sofort spürte er die angenehme Kühle. Erfrischt drehte er sich um, griff nach seinem Anzugsakko am Kleiderhaken und zog es über. Heute war Heiliger Abend. Ein Tag, den Ludwig grundsätzlich mochte, und sich durch nichts verübeln lassen wollte. Von niemanden. Nicht einmal von Rosalinde oder Adela und ihrem Mann.

In der Hotelbar traf Ludwig seinen Zimmernachbar. Er saß gut gelaunt auf einem Hocker und nippte an einem kleinen Bier. Als sich Ludwig neben ihn setzte und mit einem Zeigefinger auf das Glas deutete, verstand der Barkeeper. Er schenkt ein neues ein und stellte es vor Ludwig auf die Theke.

„Ich habe dich am Vormittag auf dem Weihnachtsmarkt in Zwettl vermisst. Rosalinde und Hilde waren ganz schön hilflos ohne dich", begann Ludwig und grinste seinen Nachbar an. Ewald griff erheitert nach seinem Glas.

„Ganz sicher. Zum Wohle! Frohe Weihnachten, Ludwig!"

Ihre Gläser stießen klirrend zusammen. Ludwig nahm wie Ewald einen herzhaften Schluck.

„Mhm! Ein Gedicht. So lässt es sich leben", schwärmte Ewald. Kurt und er wären sicher gut miteinander ausgekommen, dachte Ludwig. Ewald stellte sein Glas wieder hin und drehte sich zu ihm.

„Ich habe mir heute einen schönen Tag in der Therme Gmünd gegönnt. Mein Weihnachtsgeschenk an mich. Eine Massage am vierundzwanzigsten Dezember kann ich dir nur empfehlen. Ich fühle mich rundherum wohl und in guter Stimmung. Die Saunawelt dort ist übrigens ein Traum. Zirbensauna, Kristallsauna, Dampfbad, Waldsauna und was weiß ich noch alles. Ich fühle mich wie neugeboren. Rede ich mir zumindest ganz fest ein. Alt und schäbig wird man ohnedies von selbst.“

Ewald umfasste wieder sein Glas und trank. Dabei sah er zufrieden aus. Ludwig beneidete ihn.

„Wie man hört, triffst du neuerdings eine Harfenistin?“

Ewald kostete Ludwigs belämmerten Gesichtsausdruck voll aus.

„Rosalinde hat es mir lang und breit erzählt. Hilde, Franziska und sie sind schon in den Festsaal gegangen.“

„Ihr würde ein Schweigegelübde einmal ganz gut tun. Dann würde sie dem Wort vielleicht mehr Respekt zollen. Und nicht mehr die Dinge verbreiten, die sie eigentlich nichts angehen.“

„Ich glaube, es würde nicht viel nutzen. Sie ist ein hoffnungsvoller Fall. Sie mag den Klatsch. Er hält sie geradezu am Leben.“

Ludwig pflichtete Ewald mit einem Kopfnicken bei. Ihm wurde schmerzlich bewusst, dass Rosalinde auch nach Weihnachten seine Nachbarin blieb. Deshalb musste er sich wohl irgendwie mit ihr arrangieren.

„Was läuft da mit dir und der Musikerin? Rosalinde scheint ja höllisch eifersüchtig auf sie zu sein."

„Gar nichts. Es war nur ein Irrtum. Sie ist verheiratet und hat in mir wohl einen interessanten Zeitvertreib gesehen", erklärte Ludwig und spürte, wie sich ein Kloß in seinem Hals bildete. Schnell trank er den Rest seines Bier aus. Ewald griente ihn an.

„Was ist?", wollte Ludwig harsch wissen.

„Nichts. Steigt mit zunehmendem Alter eigentlich das Selbstmitleid? Oder nimmt es eher ab?"

Ludwig sah ihn verständnislos an. Irgendwie konnte er Ewald aber nicht böse sein. Hatte er etwa recht?

„Keine Ahnung. Ja, ich gebe es zu. Sie hat mich interessiert. Ich mag sie, aber da stand noch nicht ihr Ehemann vor mir."

„Tragisch. Hast du seitdem mit ihr gesprochen?"

„Wie denn? Ich habe weder ihre Handynummer noch ihre Zimmernummer", bellte ihn Ludwig an. Er drosselte seine Lautstärke und machte eine einlenkende Geste, aber zweifellos regte ihn das Thema noch immer auf.

„Sie spielt ja nachher. Rede mit ihr. Sie wird sicher eine Pause machen."

„Und ihr Ehemann?"

„Der wird sie auch nicht andauernd bewachen."

„Nein, das nicht, aber was soll es bringen?"

Ludwig schüttelte den Kopf. Er hatte, auch wenn er es Ewald gegenüber nicht erwähnte, irgendwie Angst vor dem Wiedersehen mit Adela. Sie hätte von Anfang an sagen sollen, dass sie verheiratet ist. Wieso trug sie auch keinen Ehering? Dann hätte er sofort Klarheit gehabt.

„Ich weiß nicht, was es bringt", schätzte Ewald die Lage ein. „Aber du würdest wenigstens wissen, woran du bist."

Ewald nahm den letzten Schluck Bier. Ludwig trank sein Glas auch aus. Vielleicht hatte sein Zimmernachbar recht.

Der Festsaal sah verändert aus. Ewald betrat ihn als Erster, Ludwig folgte ihm. Ihm verschlug es den Atem, als er die goldenen Tischtücher und die Tannengestecke sah. Teller mit Vanillekipferl, Nusskeksen und Kokosbusserln standen auf jedem Tisch. Auf der Bühne am Rand war ein riesiger Tannenbaum aufgestellt, der mit goldenen Kugeln und Kerzen geschmückt war. Um den Baum lagen Geschenke in unterschiedlichen Farben verpackt. Seitlich davon thronte Adelas Harfe. Ludwigs Magen machte beinahe einen Salto, so aufgeregt war er. Seine Blicke schweiften über die Bühne, aber sie schien nicht da zu sein. Es wunderte ihn, da sie ihre Harfe nicht gerne unbeaufsichtigt ließ. Ludwig ging davon aus, dass sie sich im Saal aufhielt und ihr Musikinstrument im Auge behielt. Wahrscheinlich saß sie bei ihrem Mann. Eine prächtige Krippe mit kunstvoll geschnitzten und bemalten Figuren war im hinteren Bereich des Saals aufgebaut. Ludwig konnte einen Esel, die heiligen drei Könige, Maria, Josef und das Jesuskind erkennen.

Er folgte Ewald zum Tisch, an dem bereits Rosalinde, Hilde und Franziska saßen. Auch Mucki hatte einen eigenen Hocker bekommen. Er reckte neugierig seinen Kopf aus der karierten Tasche. Die anderen Tische waren erst spärlich besetzt. Es herrschte aufgeregtes Gemurmel und laufend betraten weitere Gäste den Saal. Ewald nickte den Damen zu und nahm neben Franziska Platz. Rosalinde, die in ein rotes Kleid gehüllt war, winkte Ludwig zum Sessel neben sich. Der andere freie Sessel war wohl für Erika vorgesehen. Um Rosalindes Hals hing eine feingliedrige Goldkette. Hilde hatte eine goldene, lange Bluse zu einer schwarzen Hose gewählt. Ihr rosa Lippenstift war gewöhnungsbedürftig. Ihrer Tochter Franziska stand das schwarze Kleid zu ihrem Pagenkopf ausgezeichnet. Im Gegensatz zu ihrer Mutter hatte sie auf Lippenstift verzichtet. Sie lächelte und schien guter Laune zu sein. Ganz anders als gestern. Hoffentlich hielt die gehobene Stimmung an.

„Erika kommt in einer halben Stunde. Sie hat erst vor fünf Minuten das Hotel betreten", erklärte Rosalinde. Ganz in ihrem Element. Ludwig bemerkte, wie Ewald die Information mit einem zufriedenen Kopfnicken aufnahm und sich seine Brille richtete.

„Ich habe zur Feier des Tages eine Flasche Champagner bestellt. Ich hoffe, das ist in eurem Sinne", fuhr Rosalinde fort. Hilde nickte zustimmend. Vor Franziska stand ein Glas Fruchtsaft. Sie hatte auch gestern keinen Alkohol getrunken, das war Ludwig aufgefallen. Befürchtete sie sonst mit ihrer Mutter in Streit zu geraten? Ludwig trank lieber Wein und Ewald schien es ähnlich zu gehen.

„Ein Glas zum Anstoßen gerne", sagte er zu Rosalinde. „Den Rest des Abend aber lieber Wein." Sie nahm es ungerührt zur Kenntnis. Der Kellner kam mit der Flasche Champagner und begann einzuschenken. Franziska lehnte dankend ab. Ludwig blickte sich um, er hatte Adela noch nicht entdeckt. Rosalinde hob ihr Champagnerglas.

„Frohe Weihnachten", wünschte sie allen. Das helle Klirren der Gläser läutete den Heiligen Abend ein. Der Saal füllte sich und bevor das Dinner serviert wurde, hielt der Hoteldirektor eine launige Begrüßungsrede. Während dieser huschte Erika auf ihren Platz. Danach begannen die Kellner den ersten Gang des fünfgängigen Menüs zu servieren: Roastbeef auf Senfsauce.

Ludwig war nicht ganz bei der Sache. Sein Blick schweifte immer wieder zur Harfe auf der Bühne. Adela saß noch nicht dort und Ludwig war aufgewühlt. Ihren Mann entdeckte er auch nicht. Seltsam. Wann spielte

Adela denn endlich? Während des Essens stand er unter einem fadenscheinigen Vorwand plötzlich auf und durchschritt den Raum. Er suchte unter den Gästen nach Adela. Bedauerlicherweise befanden sich weder sie noch ihr Mann unter der festlichen Gesellschaft. In der Toilette atmete er tief durch. Wie es seine Gewohnheit war, drehte er den Wasserhahn auf und hielt seine Hände darunter. Mit den nassen Händen strich er sich über das Gesicht. Er hörte über die Anlage, dass der Hoteldirektor wieder ins Mikrofon sprach. Den genauen Wortlaut verstand er nicht. Kurz darauf wurde applaudiert und Harfenmusik setzte ein. Adela! Er eilte in den Saal und blieb wie vom Blitz getroffen stehen. Adela saß auf einem Stuhl auf der Bühne. Sie trug ein weinrotes, enganliegendes Kleid. Die Musikerin klemmte die Harfe zwischen ihre Schenkel und ihre Finger tanzten über die Saiten. Ihre Haare waren hochgesteckt und sie hatte einen weinroten Lippenstift aufgetragen. Sie sah atemberaubend schön aus. Aber es war nicht allein ihre Schönheit, die ihn so aus der Fassung brachte. Eher irritierte ihn Adelas intensiver Blick. Sie hatte den Kopf gehoben und sah ihn unbeirrt an. Ihre Augen schienen sein Herz zu streicheln. Ihm war gleichzeitig heiß und kalt. Eigentlich wollte er ihr aus dem Weg gehen, aber nun zweifelte er daran, ob er dazu in der Lage sein würde. Sie fixierte ihn, während ihre Hände die Saiten zupften und aus dem graziösen Instrument himmlischen Melodien zauberten. Je länger sie sich fixierten, desto weicher wurde ihr Blick und desto geschmeidiger legten sich ihre Fingerkuppen an die vibrierenden Saiten. Ludwig fühlte sich hilflos. Verloren. Er begehrte diese Frau. Er verzehrte sich geradezu nach ihr. War er etwa betrunken? Betrunken von der Liebe? Nur wegen dieses himmlischen Klanges. Nur wegen dieser Frau. Er wippte die Melodie mit dem Fuß mit. Am liebsten wäre er durch den Saal getanzt. Dabei war er nicht einmal ein begnadeter Tänzer. Sollte er sich einfach so hingeben? Ohne zu denken, ohne sich zu wehren. Nein, Adela war verheiratet. Er war verheiratet. Noch immer. Wenigstens hatte er nach wie vor das Gefühl. Der Tod beendete keine Ehe. Seine Frau lebte nach wie vor an seiner Seite. Gewiss, sie war unsichtbar, hatte die irdische Welt verlassen. In Gedanken, in seiner Erinnerung, war sie weiterhin präsent. Sie hielt ihn fest. Und er hielt sie fest. Oder weshalb trug er sonst noch den Ehering? Sie war ja erst ein paar Monate fort ... Wieso empfand er dann solche Gefühle für Adela? Für eine Fremde, mit der er erst ein paar schöne Stunden verbracht hatte? Wieso war er schon nach wenigen gemeinsamen Momenten so von ihr eingenommen? Bezaubert von ihrem Charme. Vor Sehnsucht nach ihr vergehend ...

16

Ein Kopfnicken. Ein kurzes Zulächeln. Abwenden. Ludwig flüchtete vor Adelas Augen. Er fixierte Ewald und bewegte sich schnurstracks auf ihn zu. Beinahe rammte er eine Kellnerin, die den zweiten Gang servierte: Rindsuppe mit Kräuternockerl. Im letzten Moment war sie ihm ausgewichen. Wie mechanisch schritt Ludwig durch den Saal. Er spürte Adelas Blick in seinem Rücken. Er sank auf seinen Stuhl nieder. Erschöpft, aber erleichtert. Schnell griff er zum Champagnerglas. Neuerlich zog ihn die Musik in ihren Bann. Sollte er sich ein Taschentuch in die Ohren stecken, damit er Adelas Harfenspiel nicht mehr hören konnte? Lächerlich. Es war offensichtlich nicht nur die Musik, die ihn fesselte. Es war Adela. Diese einzigartige, atemberaubende Konstellation.

„Deine Freundin spielt wunderschön", bohrte Rosalinde in Ludwigs Wunden. „Ihr Mann soll ja auch da sein. Die Musik übertrifft die vom vorigen Jahr um Klassen."

„Eine Flasche Blauen Zweigelt", bestellte Ludwig. Er hatte das Gefühl, den Abend ohne Rotwein nicht bewältigen zu können. Woher wusste Rosalinde, dass Adela verheiratet war? Von Ewald oder hatte sie andere Informationsquellen? Selbstverständlich erfüllte sie diese Tatsache mit Genugtuung. Adela hatte wieder zu ihm geblickt. Ludwig berührte Rosalinde vertraut am Unterarm. Wollte er die Harfenistin etwa eifersüchtig machen? Wie erbärmlich. Nein, so tief durfte er nicht sinken. Rosalinde reagierte mit irritiertem Blick, lächelte aber sofort zuckersüß. Ewald war ganz in ein Gespräch mit Erika vertieft. Hilde streichelte mit einer Hand Mucki und mit der anderen aß sie die Suppe. Franziska hatte bereits den zweiten Gang verzehrt und wischte auf ihrem Handy herum.

„Kannst du das nicht ein paar Minuten zur Seite legen?", zischte ihr Hilde zu.

„Später, versprochen. Ich verschicke doch nur ein paar Weihnachts-SMS."

Hilde schüttelt verächtlich den Kopf, verbat sich aber einen Kommentar und schob Mucki ein Leckerli in den Mund. Es herrschte wohl eine Art Weihnachtsfrieden zwischen den beiden und jeder schien bemüht, ihn nicht zu gefährden. Ludwig wunderte sich, wie weich Franziskas Stimme diesmal geklungen hatte. Franziska wirkte wie verwandelt. Ludwig griff nach dem Löffel und begann zu essen. Die Suppe schmeckte vorzüglich, war aber lauwarm. Er löffelte sie trotzdem. So war er beschäftigt und musste nicht unentwegt an Adela denken.

„Normalerweise hält der Herr Direktor nach dem Essen eine Weihnachtsrede. Er übertreibt es zum Glück nicht. Sie ist kurz und herzlich. Anschließend beschenkt er seine Mitarbeiter vor allen Gästen. Dies ist den meisten peinlich und es ist geradezu ein Wettbewerb, welcher Kopf der knallroteste ist. Dennoch lässt es sich der Direktor nicht nehmen. Als letzter offizieller Akt singen wir gemeinsam „Stille Nacht". Für mich ist das jedes Jahr ein besonders ergreifendes Erlebnis", erzählte Rosalinde.

Als der Kellner den dritten Gang servierte, glasierte Entenbrust mit Rotkraut, Serviettenknödel und Preiselbeeren, verstummte plötzlich das Harfenspiel. Ludwig nahm es sofort wahr. Seine Augen suchten Adela, die sich verbeugte. Verhaltener Applaus setzte ein. Viele der Gäste aßen und beachteten die Musikerin nicht weiter. Sie war als Hintergrundmusik gebucht worden. Ihre Meisterschaft fand so kaum Anerkennung, fand Ludwig. Adela lächelte tapfer ins Publikum und verließ die Bühne. Nun würde Ludwig bald sehen, wo sie mit ihrem Mann saß. Verwundert beobachtete er, wie die Musikerin durch den Saal geradewegs auf seinen Tisch zuging. Er stutzte, als sie Meter um Meter näher auf sie zukam. Was hatte dies zu bedeuten? Warum um Himmels Willen …? Ludwig hörte auf zu essen und schaute Adela entgeistert an.

„Was will die denn?", hörte er Rosalinde fragen, die von ihrem Teller aufblickte.

Ludwig saß wie gelähmt auf seinem Platz und hielt Gabel und Messer in seinen Händen.

„Hübsch. Du hast einen guten Geschmack", stellte Ewald fest und erntete dafür vernichtende Blicke von Rosalinde und Hilde. Erika sah ihn zum ersten Mal interessiert an. Franziska stahl sich aus dem Saal, da ihr Handy läutete. Hilde war von Adela so abgelenkt, dass sie davon nichts mitbekam.

„Guten Abend", grüßte Adela. Ihre Stimme klang nicht so selbstsicher wie sonst. Es musste sie einige Überwindung gekostet haben, hierher zu kommen. Ludwig fühlte sich geschmeichelt, gleichzeitig beunruhigte es ihn.

„Ludwig, hast du ein paar Minuten Zeit? Ich habe zwanzig Minuten Pause und würde gerne mit dir sprechen."

Sämtliche Blicke waren auf Ludwig gerichtet, der seine Portion erst zur Hälfte gegessen hatte.

„Hier? Willst du dich zu uns setzen?"

„Lieber unter vier Augen. Ich hoffe, Sie haben Verständnis dafür, dass ich ihnen Ludwig für ein paar Minuten entführe."

„Wenn Sie ihn vor der Bescherung wieder zurück bringen", erwiderte Rosalinde trocken. Adela reagierte nicht darauf. Ludwig stand auf, nahm seinen Teller und folgte Adela. Rosalinde und Hilde tauschten verstohlene Blicke. Ewald grinste amüsiert. Mucki kaute genussvoll sein Leckerli. Wozu hatte er bloß den Teller mitgenommen? Was war in ihn gefahren? Ludwig kam sich lächerlich vor, als er Adela mit dem Teller in einer Hand und dem Essbesteck in der anderen Hand durch den Saal folgte. Zahlreiche Blicke folgten ihnen. Die meisten waren hoffentlich auf Adela gerichtet. Zielstrebig steuerte sie den Ausgang an. Ludwig war froh, als sie endlich den Saal hinter sich ließen. Adela wartete auf dem Gang, bis er zu ihr aufgeschlossen hatte. Seine Zehe schmerzte nun höllisch. Er bemühte sich, sie nicht zu sehr zu belasten.

„Die Ente muss ja vorzüglich schmecken."

„Der Koch hat sich selbst übertroffen. Sein Meisterstück."

„Du hättest ruhig am Tisch zu Ende essen können. Ich hätte auf dich gewartet."

„Ich hatte das Gefühl es sei dringlich."

„Gehen wir in die Bar? Oder in die Lobby?"

„In die Bar. Ich brauche einen Aperitif."

Außer dem Kellner befand sich niemand in der Bar. Ludwig überlegte, wo Franziska hingegangen war. Sie hatten sie weder im Gang noch sonstwo angetroffen. Wahrscheinlich war sie hinaus auf die Terrasse gegangen, um ungestört telefonieren zu können. Adela entschied sich für einen Tisch am Fenster. Ludwig nahm ihr gegenüber Platz. Als der Kellner kam, bestellte Adela einen Wodka und Ludwig ein Wodka-Tonic. Die Musikerin rieb ihren Zeigefinger und Daumen aneinander. Der Kellner servierte die Getränke und entfernte sich wieder. Ludwig aß den letzten Bissen und schob den Teller weg.

„Es tut mir leid wegen vorhin. Ich wollte nicht, dass unser schöner Ausflug so endet. Mein Mann hat mir kein Wort gesagt. Das musst du mir glauben, Ludwig. Er hat mich einfach so überrumpelt."

Adela sah Ludwig bedeutsam in die Augen. Ihre Hand berührte seine, um ihre Worte zu unterstreichen.

„Trotzdem. Du hättest ihn erwähnen sollen", fand Ludwig. „Ich habe auch mit offenen Karten gespielt und dir sogar vom Tod meiner Frau erzählt."

Adela lehnte sich zurück und trank einen Schluck Wodka, ehe sie antwortete.

„Ich bin dir auch sehr dankbar dafür. Du hast Recht. Es war ein Fehler. Verzeih mir", sagte Adela leise. In ihrem Blick lag Verzagtheit. Ludwig lehnte sich abwägend zurück. Adela öffnete den Mund, schloss ihn aber sogleich wieder und nahm wieder einen Schluck. Ludwig lehnte sich wieder nach vorne.

„Du bist verheiratet. Wieso sitzen wir beide trotzdem jetzt hier? Weshalb wolltest du mit mir sprechen?"

„Wir leben getrennt."

Ludwig gefiel, was er hörte, aber er wollte seine Gefühle nicht Preis geben.

„Wir hatten schon länger Schwierigkeiten. Ich habe mich vor sechs Monaten von ihm getrennt. Zum Glück haben wir keine Kinder."

Adela nahm wieder einen Schluck. Es fiel ihr nicht einfach, darüber zu sprechen. Ludwig trank auch von seinem Getränk. Er wollte zwar die ganze Geschichte hören, aber sie nicht mit Fragen bedrängen.

„Deshalb habe ich auch dieses Engagement hier im Hotel angenommen", erzählte Adela weiter. „Ich wollte Weihnachten alleine feiern. Bewusst alleine, um Abstand zu gewinnen und neue Pläne zu schmieden. So wie du. Davor habe ich mich mit einer Schulfreundin in Gmünd zu Mittag getroffen. Es hat gut getan, alte Geschichten wieder aufzuwärmen. Dann bist plötzlich du in mein Leben geplatzt. Auf der Toilette!"

Adela lachte erheitert auf. Sie schien sich wieder an Ludwigs empörtes Gesicht in der Kabine zu erinnern.

„Und was sucht dein Mann hier?"

„Was Männer immer wollen, wenn es vorbei ist. Eine zweite Chance."

„Und? Hast du sie ihm gegeben?"

Adela blies nur laut Luft aus. Abwesend betrachtete sie das Wodkaglas und drehte es langsam mit einer Hand.

„Er hat seine zweite Chance schon verspielt. Und eine dritte gibt es nicht."

Adela rückte das Glas zornig von sich weg. Ihre Augen suchten seine.

„Mein Mann besitzt gemeinsam mit zwei Partnern eine Software-Firma. Berufsbedingt ist er viel im Inland und im Ausland unterwegs. Irgendwann habe ich entdeckt, dass er ein Verhältnis mit einer Kundin in Berlin hat."

Adela schwieg. Über ihrem Gesicht lag ein dunkler Schatten. Ludwig strich tröstend über Adelas Hand. Sie ließ es sekundenlang geschehen, dann zog sie sie weg.

„Du musst es mir nicht erzählen."

„Ich möchte es aber."

Sie setzte sich kerzengerade hin und fixierte Ludwig.

„Ich habe ihm verziehen. Er hat versprochen, es zu beenden. Das war eine Lüge. Deshalb habe ich mit ihm Schluss gemacht."

Ludwig nickte verständnisvoll. Adela warf ihm einen ernüchterten Blick zu, strich sich ihren Zopf gerade.

„Und wo ist er jetzt?"

„Zurück nach Wien gefahren."

Ludwigs Herz schlug wieder rascher.

„Ich würde gerne nach meinem Auftritt Zeit mit dir verbringen", begann Adela. „Ein Glas Wein trinken oder so etwas in der Art. Natürlich nur, wenn du möchtest?"

„Gerne, das möchte ich auch. Das wäre ja fast wie Weihnachten."

Adela schmunzelte. Sie warf einen Blick auf die Wanduhr und griff nach ihrer Handtasche.

„Wunderbar. Dann sehen wir uns später."

Sie beugte sich vor und gab Ludwig einen Kuss auf die Wange. Ihre Wangen fühlten sich weich an und rochen süßlich. Das Parfüm konnte Ludwig nicht genau benennen. Es war ihm fremd, nicht so vertraut wie das seiner Frau. Glücklicherweise. Er strich mit seiner Hand über Adelas Rücken. Es fühlte sich aufregend an. Sie erhob sich und wollte zur Bar gehen, um die Getränke zu bezahlen.

„Die gehen auf mich", bemühte sich Ludwig, ihr zuvor zu kommen. Die Musikerin bedankte sich mit einem Lächeln und verließ die Bar. Nachdenklich sah er ihr nach. Die Schmerzen in seiner Zehe hatten wieder nachgelassen. Vermutlich weil er ihr kaum Beachtung schenkte, da die Musikerin seine ganze Aufmerksamkeit verlangt hatte. Gerade als er sein Handy in die Hand nahm, läutet es. Ludwig fiel es vor Schreck aus der Hand. Der Teppich dämpfte den Aufprall. Ludwig bückte sich schwerfällig und hob es auf. Ohne auf das Display zu schauen, nahm er den Anruf an. Er wusste, wer ihn um diese Zeit anrief.

„Ja, Alexander?"

„Papa", hört er deutlich eine vertraute Stimme.

Sein Sohn rief jedes Jahr abends zu Weihnachten an.

„Frohe Weihnachten, Dad."

„Danke. Dir auch frohe Weihnachten."

„Wie geht es dir?"

„Ganz gut. Den Umständen entsprechend."

„Es ist klar, dass Weihnachten dieses Jahr für dich sehr schwierig ist. Anna und ich haben dich in den letzten Jahren für deine Stärke bewundert. Nicht jeder opfert sich für seine Frau so auf wie du."

„Was ist mir anderes übrig geblieben? Es war nie meine Art, wegzulaufen, wenn es einmal eng wird. Ich bin sicher, deine Mutter hätte dasselbe für mich getan."

„Ja. Darauf kannst du wetten. Wir sind stolz, euch als Eltern zu haben", gestand Alexander. Ein Zittern lag in seiner Stimme. Ludwigs Körper durchzog ein Schauder. Mit der Hand wischte er sich eine Träne von der Wange. Würde sein Sohn auch so salbungsvoll sprechen, wenn er von Adela erfahren hätte? Ludwig hörte das weit entfernte Rauschen des Meeres durch den Handylautsprecher.

„Bei Schönwetter ist es einfach, Seite an Seite zu gehen. Kommt ein Gewitter oder gar ein Orkan auf, ist es schon wesentlich schwieriger, sich gegen die Widrigkeiten einen Weg zu bahnen."

„Euch ist es gelungen. Für mich ist Weihnachten heuer auch so anders. So unecht. Seit meiner Geburt waren Mama und du am Heiligen Abend erreichbar. Heute fehlt sie, aber die ganze Kulisse ist noch da."

„Ja. Als ob eine Schere ein Stück aus dem Bühnenbild herausgeschnitten hätte. Und dort, wo deine Mutter einmal war, befindet sich nur mehr ein großes, schwarzes Loch."

„Bist du deshalb ins Waldviertel gefahren?"

„Die Buschtrommeln funktionieren anscheinend einwandfrei."

„Ja. Anna war nicht besonders erfreut darüber."

„Es war meine Schuld. Ich hätte sie nicht vor vollendete Tatsachen stellen sollen."

„Sie wird es verkraften."

Ludwig hörte Schritte. Er traute seinen Augen nicht, als plötzlich Rosalinde vor ihm stand. Er warf ihr einen genervten Gesichtsausdruck zu. Seiner Nachbarin war es offensichtlich peinlich. Ihr Gesicht lief von einer Sekunde auf die andere knallrot an.

„Wir haben uns schon Sorgen gemacht", flüsterte sie rasch zur Entschuldigung. Ludwig legte seine Hand übers Handy, damit sein Sohn davon nichts mitbekam.

„Ich komme gleich", zischte er ihr zu. Sie machte eine beschönigende Geste und schwirrte ab.

„Und? Wie ist es zu Weihnachten im Waldviertel?"

„Saukalt, aber wir haben über einen halben Meter Schnee. Alle Bäume sind mit der weißen Pracht bedeckt. Herrlich. Genauso, wie es zu Weihnachten sein sollte. Es war goldrichtig, wegzufahren. Der Ortswechsel hat mir gut getan."

„Tu, was dir gut tut. Es ist dein Leben, Papa. Du hast viel für Mama aufgegeben. Nun, stehst du wieder an erster Stelle. Du entscheidest, wie du die nächsten Jahre verbringen möchtest. Du allein."

Eine wohlige Wärme durchfloss Ludwig nach den Worten seines Sohnes. Es tat gut, verstanden zu werden. Überhaupt mit jemanden zu reden. Die Stille im Haus machte ihm oft am meisten zu schaffen. An dunklen Regentagen erdrückte sie ihn geradezu. Ludwig vermisste die Gespräche und den alltäglichen Austausch mit seiner Frau. Wem berichtete man von seinen Erlebnissen, mit wem teilte man seine Gedanken, wenn man alleine lebt? Sollte er sich einen Hund zulegen? Über soziale Netzwerke alte Kontakte wieder beleben? Ja, er würde sein Leben neu ordnen müssen, um sich nicht länger so verloren zu fühlen.

„Gut, Papa. Ich wünsche dir noch eine besinnliche Weihnachtsfeier. Wenn du irgendetwas brauchst, ruf einfach an. Egal, zu welcher Tageszeit."

„Versprochen. Liebe Grüße auch an Meritxell. Lerne ich sie irgendwann kennen?"

„Sicher. Irgendwann."

„Fabelhaft. Dann werde ich nächste Woche einen Spanisch-Kurs buchen. Jetzt habe ich ja ausreichend Zeit. Mach´s gut."

„Und die Perfektion absolvierst du in Barcelona. Bis bald, Papa. Wir hören uns."

Alexander beendete das Gespräch. Ludwig steckte sein Handy wieder in seine Sakkotasche. Er lächelte sanft. Er hatte wirklich großes Glück mit seinen Kindern. Sie hatten sich zu tollen Menschen entwickelt. Dafür dankte er Gott täglich. Ob sie Adela mögen würden? Ob sie sich mit ihnen verstehen würde? Ob sie sich überhaupt jemals begegnen werden? Ludwig verspürte auf einmal große Lust, es so schnell wie möglich herauszufinden.

17

Die Harfenmusik geleitete seine Gedanken wieder zurück zu Adela. Ludwig trat in den Saal und spazierte auf seinen Platz. Adelas Finger glitten graziös über die Saiten. Sie hatte die Augen geschlossen, so als ob sie sich nun ganz in der Musik verlor. Ludwig liebte diesen Anblick. Hilde und Rosalinde tuschelten, während er auf den Tisch zukam. Mucki schlief in seiner Tasche. Nach so vielen Leckerlis musste er ja irgendwann müde werden … Franziskas Platz war noch immer leer. Erika aß und Ewald nickte Ludwig erleichtert zu. Er freute sich wohl über ein wenig Männergesellschaft. Ludwig setzte sich.

„Es tut mir leid. Ich wollte dich vorhin nicht stören. Wir haben uns Sorgen gemacht", äußerte Rosalinde bedauernde Worte.

„Sehe ich wirklich so hilflos aus? Na, dann gute Nacht."

„Nein, nein, aber die Harfenistin ist alleine zurück-gekommen. Und da … da …"

„Ist Rosalinde unruhig geworden und hat beschlos-sen, nachzusehen was passiert ist", half ihr Hilde, eine Erklärung zu formulieren.

„Natürlich nur aus purer Nächstenliebe! Wie habe ich bloß fünfundsechzig Jahre alt werden können? Auf keinen Fall war Neugierde im Spiel", nahm sich Ludwig kein Blatt vor den Mund. Rosalinde zog es vor zu schweigen. Ein aufmerksamer Kellner servierte Ludwig eine Portion Schneenockerln. Er schnappte seinen Löffel und begann genussvoll zu löffeln. Sie waren vorzüglich, aber natürlich erreichten sie niemals das Niveau seiner Großmutter. Ludwig schmunzelte innerlich über seine Bewertung. Seine Großmutter würde für immer die ungekrönte Königin der Schneenockerl bleiben. Ludwig lächelte, weil er sich seine Oma mit einer riesigen mit Diamanten und Saphiren bestückten Krone auf einem imposanten Schneenockerlthron inmitten eines Teiches voller Vanillesauce vorstellte. Als er den letzten Löffel Sauce verschlang, verstummte auf einmal auch die Harfenmusik.

„Nun beginnt die Bescherung!", führte Rosalinde weiter durch das Programm. Hilde wetzte nervös auf ihrem Stuhl hin und her.

„Wo nur Franziska bleibt? Muss ich mir langsam Sorgen machen. Sie ist schon über eine dreiviertel Stunde weg?", warf sie in die Runde.

„Ach, nein. Sie wird noch telefonieren", meldete sich wieder einmal Erika zu Wort.

„Vielleicht hat sie ja einen jungen Mann am Gang getroffen und flirtet", stellte Ewald in den Raum. Er erntete dafür einen bösen Blick von Hilde.

„So viele junge Männer gibt es hier nicht. Und wo denkst du hin? Franziska doch nicht. Die wird mir ein Leben lange erhalten bleiben."

Ludwig fragte sich, ob nicht Hilde in dieser Hinsicht das eigentliche Problem war. Er fand Franziska hübsch, wenn sie nicht gerade mit ihrer Mutter stritt. Da ihm das schon aufgefallen war, gab es gewiss viele jüngere Männer, die ähnlich dachten. Franziska würde ihrer Mutter dies nur nicht jedes Mal auf die Nase binden, davon war er überzeugt. Der Hoteldirektor ergriff das Wort und begann sich bei seinen Mitarbeitern für das Jahr zu bedanken. Ludwig hörte nur mit einem Ohr hin, er beobachtete lieber Adela auf der Bühne hinter ihm. Jedes Mal, wenn der Hoteldirektor nach einem Geschenk griff und einen Mitarbeiter auf die Bühne bat, um es zu überreichen, spielte Adela ein paar Töne. Nur einmal kreuzten sich Adelas und sein Blick flüchtig. Ludwig störte diese Tradition, vor den Gästen Geschenke zu überreichen, nicht, fand sie aber öde. Er schaltete nach einiger Zeit ab, applaudierte mechanisch und wartete nur auf das Ende. Nach zwanzig Minuten war es endlich soweit. Der Hoteldirektor bedankte sich für die Geduld und verließ die Bühne. Adela begann wieder zu spielen. Franziska nahm fast unbemerkt auf ihrem Sessel Platz.

„Wo warst du so lange?", schlugt ihr sofort eine harsche Frage aus Hildes Mund entgegen. Sie reagierte nicht darauf und trank von ihrem Saft.

„Ich habe dich etwas gefragt", ließ Hilde nicht locker. Der Ton war so spitz, dass sogar Mucki kurz ein Auge öffnete, um es gleich darauf wieder erschöpft zu schließen. Ein wenig beneidete Ludwig den Hund. Er konnte einfach ungezwungen wegschlummern.

„Ich habe telefoniert."

„Ach so. Mit wem?"

Ludwig spürte ein aufkommendes Unbehagen. Er wollte nicht wieder Zeuge eines Streits werden. Meist flüchtete er vor solchen Situationen. Ganz anders als Hilde und Franziska. Die beiden schienen sich vor Publikum äußerst wohl zu fühlen.

„Das geht dich nichts an."

„Aha. Auf einmal."

Hilde spitzte eingeschnappt die Lippen. Ihr Kopf zitterte wie zum Beweis ihrer Anspannung. Sie kam Ludwig wie ein brodelnder Vulkan vor, der jede Sekunde ausbrechen und mit seiner glühenden Lava eine Stadt und das Umland in Schutt und Asche legen konnte. Rosalinde schien die Situation ebenfalls so einzuschätzen. Sie legte ihre Hand auf die von Hilde.

„Lass ihr doch ihre Geheimnisse. Du hast deiner Mutter doch auch nicht alles erzählt, oder?"

„Doch, doch. Das habe ich. Wir waren wie Freundinnen."

Hilde warf einen mürrischen Blick in die Runde.

„Ihr denkt wohl, ich bin eine dieser Super-Glucken. Ich sehe es an euren Augen. Nein, so eine bin ich nicht. Ich nicht. Ich möchte nur ein wichtiger Teil im Leben meiner Tochter sein. Mehr nicht."

„Mama!"

„Mehr verlange ich nicht. Nur ein wenig Respekt."

Hilde schüttelte den Tränen nahe Rosalindes Hand ab, stand abrupt auf und packte zornig die karierte Hundetasche. Mucki purzelte von einer Seite auf die andere, riss in Panik die Augen auf und kläffte wütend.

„Halt dein Maul, Mucki. Wir gehen Gassi", wies ihn Hilde rüde zurecht und entfernte sich mit schnellen Schritten. Franziska wich den Blicken aus und schüttelte angesäuert den Kopf. Dann fuhr sie plötzlich wie eine Rakete aus dem Sessel und eilte ihrer Mutter nach. Ewald und Ludwig warfen sich vielsagende Blicke zu. Zu Weihnachten lagen bei vielen Menschen die Nerven blank. Der Erwartungsdruck an diese Festtage war einfach zu hoch, fand Ludwig.

„Jedes Jahr dasselbe Theater", ärgerte sich Rosalinde.

„Ein Herz und eine Seele. Nur nicht zu Weihnachten", stimmte Erika bissig ein.

„Womit wir beim Thema wären …", stellte Ewald fest und hob sein Glas.

„Frohe Weihnachten!"

Wie häufig ihm heuer „Frohe Weihnachten" gewünscht werden würde? Es war rekordverdächtig. Er stieß sein Glas gegen das von Ewald. Das Klirren übertönte einen Augenblick die Hintergrundmusik. Sein Kopf schwirrte. Er hatte in den letzten Stunden so viel Alkohol getrunken wie in den vergangenen Monaten zusammengenommen nicht. Eine Pause würde ihm nicht schaden. Einerseits mochte er dieses enthemmende Gefühl, andererseits wollte er gerade heute nicht die Kontrolle verlieren. Der Kellner brachte eine volle Mineralwasserflasche und schenkte Ludwig ein. Er bedankte sich mit einem Kopfnicken, griff gierig nach dem Glas und setzte den glatten, kühlen Rand an seine Lippen. Ah, das tat gut. Adela spielte eine besonders ruhige Passage. Ein irisches Weihnachtslied. Die Plätze von Franziska und Hilde waren noch immer leer. Ewald flüsterte Erika etwas ins Ohr. Sie lächelte. Wenigstens schien es bei ihnen Fortschritte zu geben. Rosalinde legte überraschend ihre Hand auf die von Ludwig und fixierte ihn mit großen Augen.

„Am liebsten würde ich jetzt mit dir tanzen. Leider ist dies aber kein Ball, sondern eine Weihnachtsfeier. Bei der heiligen Eulalia. Schade. In ein paar Minuten werden wir das Lied der Lieder singen. Danach ist der offizielle Teil zum Glück erledigt. Dann können wir machen, was wir wollen."

Den letzten Satz flötete Rosalinde verführerisch in Ludwigs Richtung. War sein Hemdkragen von einer Sekunde auf die andere enger geworden? Er hatte das Gefühl, keine Luft zu bekommen. Dies änderte sich auch nicht, als Rosalinde ihre Hand von seiner nahm und nach ihrem Champagnerglas griff. Unzählige kleine Perlen stiegen vom Boden zum Rand auf. Rosalinde lächelte breit und ihre Augen glänzten abwesend. Sie schien in gelassener Stimmung zu sein und den Moment zu genießen. Ludwig hingegen fühlte sich unwohl in seiner Haut. Er hätte sich doch ganz allein eine Almhütte mieten sollen. Dann hätte er seine Nachbarin nicht getroffen. Er hätte sich tagelang seinem Schmerz hingegeben und wäre vor Mitternacht ins Bett gegangen. Hier würde er nicht so früh zu Bett gehen. Eigentlich hatte er vor, die Mitternachtsmette in der nahen Kapelle zu besuchen. Für ihn gehörte der Kirchgang zu Weihnachten dazu wie der Christbaum und der Truthahn. Seit er erwachsen war, hatte er noch nie eine Mette versäumt. Er mochte die eigentümliche Stimmung in der Kirche um Mitternacht. Auf keinen Fall würde er jedoch mit Rosalinde hingehen. Er wollte sie aber auch nicht auf den Gedanken bringen. Deshalb hatte Ludwig vor, sich vor Mitternacht einfach still und leise davon zu schleichen. Eine Frau mit Krücken ging an ihrem Tisch vorbei. Sie erinnerte ihn an den Sturz seiner Frau vor drei Jahren. Vor Ludwigs Augen war sie im Sommer auf der Terrasse am Nachmittag gestolpert. Seine Frau hatte sofort geahnt, dass es diesmal nicht nur ein harmloser Sturz war. Unter großer Kraftanstrengung hatte Ludwig versucht, sie auf den Rücken zu drehen und sie wieder aufzurichten. Es war ihm nicht gelungen. Sie hatte über unerträgliche Schmerzen geklagt. Ihm war nichts anderes übrig geblieben, als die Rettung zu alarmieren. Zehn Minuten später hatte das Einsatzfahrzeug mit Blaulicht vorm Haus gehalten. Einen Notarzt und zwei Sanitäter hatte er auf die Terrasse zu seiner Frau geführt. Nach einer Minute hatte der Notarzt den Verdacht auf Ober-schenkelhalsbruch geäußert. Gemeinsam hatten die Sanitäter mit dem Oberarzt Ludwigs Frau auf die Trag-bahre gehoben. Sie hatte dabei zwar vor Schmerzen gestöhnt, ihm aber gleichzeitig Anweisungen gegeben, welche Gegenstände er in ihre kleine Reisetasche einpa-cken sollte: Unterwäsche, zwei Nachthemden, ihre Toi-lettentasche, Lippenstift und Schminkzeug, einen Ba-demantel, Hausschuhe, ein Tuch, ein Buch, ihre Medi-kamente und ihre Gebissbox. Seine Frau wurde auf der Bahre in den Einsatzwagen geschoben. Ludwig hatte die Tasche neben sie gestellt. Nachdem der Rettungswagen mit Blaulicht davon gefahren war, hatte sich Ludwig angezogen und war seiner Frau mit seinem Wagen in das Spital nachgefahren. Im sterilen Gang der Ambu-lanz des Krankenhauses hatte sie zwei Stunden warten müssen, ehe ein Röntgen die Vermutung des Notarztes bestätigt hatte. Einen Tag später wurde seine Frau ope-riert. Sie blieb vier Wochen im Spital und kam anschlie-ßend für drei Monate zur Rehabilitation in ein anderes Spital. Von diesem Zeitpunkt verschlechterte sich trotz guter Betreuung ihr Gesundheitszustand von Woche zu Woche. Sie sollte nie wieder den Rollstuhl verlassen. Ludwig besuchte sie jeden Tag. Er konnte sich in dieser Zeit ein wenig von den Strapazen der letzten Jahre erho-len. Der Spitalsaufenthalt seiner Frau bedeutete für ihn eine Entlastung. Eine Art Verschnaufpause, die ihm gut tat. Ludwig verscheuchte die Erinnerung wieder und nahm einen Schluck von dem Wein. Erika und Rosalinde unterhielten sich über Hilde. Er hörte nur nebenbei hin, da er an sein letztes Weihnachten dachte. Seine Frau war schon um zweiundzwanzig Uhr zu Bett gegangen und er hatte, wie im Jahr davor, allein in der nahen Pfarrkirche die Mitternachtsmette besucht. Er war den Weg zu Fuß gegangen. Schon immer wanderte er gerne in der Nacht durch die verlassenen Straßen. In dieser Nacht war eine schwarze Katze vorm Eingang der Kirche gehockt. Sie hatte ihn lange gemustert, ehe sie ein paar Meter vor ihm über die Straße gehuscht und in der Dunkelheit verschwunden war. Obwohl Ludwig nicht abergläubisch war, deutete er dies als Zeichen des nahenden Todes seiner Frau. So sehr ihn diese Gewissheit damals geschmerzt hatte, so befreiend empfand er sie, als er das Kirchentor öffnete und den Schritt in die Pfarrkirche setzte. Der Tod seiner Frau würde für ihn ein Stück Freiheit bedeuten. Noch heute hatte er deswegen ein schlechtes Gewissen, obwohl er sich nichts vorzuwerfen hatte. Er hatte seine Frau bis zu ihrem Tod gepflegt. Er war ihr zur Seite gestanden. Dennoch empfand er oft großes Unbehagen, wenn er das Leben wieder zu genießen begann. Wenn er spürte, dass da hinter dem Gebirge des Schmerzes und der Trauer das Glück und die Freude hell und freundlich winkten. Durfte er ohne seine Frau glücklich sein? Was für eine merkwürdige Frage, sinnierte Ludwig im nächsten Moment. Natürlich. Es war seine Pflicht. Er konnte sein Leben nicht für eine Tote aufgeben. Er grübelte schon wieder viel zu viel. Schluss damit. Das brachte ihn nicht weiter. Er sprang förmlich von seinem Stuhl auf. Rosalinda und Erika schauten ihn irritiert an. Ewald trank amüsiert von seinem Wein. Ohne sich um die anderen zu kümmern, bewegte sich Ludwig direkt auf die Bühne zu.

18

Adela spielte ihr Stück zu Ende. Ein paar Gäste applaudierten. Die Musikerin verbeugte sich und machte dem Hoteldirektor auf der Bühne Platz. Sie postierte sich schräg dahinter. So befand sie sich in einem verborgenen Winkel, den die Gäste von ihren Plätzen aus nicht einsehen konnten. Eine gute Gelegenheit für Ludwig, mit ihr in Ruhe zu sprechen. Der Hoteldirektor begann die Weihnachtsgeschichte zu lesen. Der Mann hatte zweifellos Talent zum Alleinunterhalter. Auf jeden Fall liebte er es, auf der Bühne zu stehen. In seinem schwarzen Anzug, mit dem weißen Hemd und der violetten Krawatte machte er eine gute Figur. Seine Stimme war tief und seine randlose Brille verliehen ihm eine gewisse Intellektualität. Irgendwie passte seine bodenständige Ausdrucksweise so gar nicht zu seinem äußeren Erscheinungsbild. Ludwig schummelte sich an der Bühne vorbei zu Adela. Sie saß mit überschlagenen Beinen auf einem Stuhl und lauschte den Worten des Hoteldirektors. Ihr Blick war starr geradeaus gerichtet, deshalb bemerkte sie Ludwig erst, als er direkt vor ihr stand. Sie schreckte ertappt auf. Ludwig grinste sie an.

„Hallo!", flüsterte er.

„Musst du mich so erschrecken?", tadelte sie ihn.

Ludwig zuckte nur mit den Schultern. Der Direktor las gerade die Stelle, als Josef und Maria den Stall erreichten. Es war still im Saal. Adela stand auf, um fast auf gleicher Höhe mit Ludwig zu sein.

„Komm, wir gehen hinaus."

Adela zog Ludwig am Arm und führte ihn zu einer Hintertür, die ihm bisher noch nicht aufgefallen war. Er folgte ihr und schloss sie hinter sich. Sie befanden sich in einem schmalen, weißen Gang, der von Neonlicht beleuchtet wurde. Servierwägen mit Gläsern und Tische stapelten sich darin. Sie hörten gedämpft die Stimme des Hoteldirektors.

„Was ist das hier?", hörte sich Ludwig plötzlich sagen.

„Ein Versorgungsgang", antwortete Adela, ohne ihn aus den Augen zu lassen.

„Bist du öfter hier?"

„Nur mit ausgewählten Personen."

„Eine Ehre also."

„Das musst du selbst beurteilen."

Ludwig fühlte sich wohl alleine mit der Musikerin. Aber sie stieg unruhig von einem Bein auf das andere.

„In fünf Minuten singen alle „Stille Nacht" und danach muss ich wieder spielen. Weshalb bist du zu mir gekommen? Ist etwas passiert?"

Ludwig schüttelte beruhigend den Kopf.

„Wie lange hast du noch „Dienst"?"

„Eine halbe Stunde. Dann wird die Konserve eingeschaltet und ich habe frei."

Die Weihnachtsgeschichte war zu Ende. Der Hoteldirektor forderte die Gäste auf aufzustehen.

„Dann treffen wir uns in einer halben Stunde in der Lobby? Da ist mehr Ruhe als in der Bar", weihte Ludwig die Musikerin in seinen Plan ein.

„War das alles? Haben wir das nicht vorhin schon so vereinbart?"

„Ich weiß. Ich musste dich einfach sehen. Ich habe es keine Sekunde länger ohne dich ausgehalten."

Adelas Blick wurde weich. Trotzdem öffnete die Harfenistin die Tür und forderte ihn mit einem Kopfnicken auf, ihr zu folgen. Im Saal war es nun dunkel. Nur die Lichterkette auf dem Christbaum und die Notausgangsschilder leuchteten. Die Gäste standen um die Tische. Der Hoteldirektor hatte das Mikrophon weggelegt und stimmte mit tiefer Stimme an.

„Stille Nacht, heilige Nacht …"

Ludwig blieb neben Adela abseits der Bühne stehen. Plötzlich setzte wütendes Gekläffe ein. Der Hoteldirektor sang eisern weiter. Das Hundegebell wurde lauter und keifender. Stimmen waren im Saal zu hören. Tuscheln. Der Hoteldirektor blieb auf Kurs.

„Mucki! Komm sofort her!", erkannte Ludwig die Stimme.

„Au! Verschwinde, du Scheißköter", hörten sie gleich darauf den Hoteldirektor, der nun gänzlich aus dem Konzept gebracht war.

„Mein Mucki ist kein Scheißköter! Was erlauben Sie sich!"

Hildes Stimme überschlug sich bei jedem Wort. Ludwig konnte nur Schatten ausmachen, die sich bewegten. Der kleine Vierbeiner hatte sich in die rechte Anzughose des Hoteldirektors verbissen. Ludwig eilte auf die beiden zu und hockte sich hin. Er bemühte sich, Mucki von seiner Anzughose loszureißen. Der Hoteldirektor war dankbar für die unerwartete Hilfe und hielt still. Der Chihuahua knurrte wütend. Adela stand Ludwig zu Seite.

„Lass los, Mucki!", gab Ludwig streng Anweisung. Adela versuchte es auf die sanfte Tour.

„Braver, Hund. Der Herr hat dir doch nichts getan."

Beide Strategien funktionierten nicht. Mucki zerrte wütend am Hosenbein. Einige Gäste zerkugelten sich, andere folgten entsetzt dem Schauspiel und schimpften. Hilde eilte näher. Das Saallicht ging an. Der Hoteldirektor wollte dem Hund mit der Hand einen Schlag versetzen, verfehlte ihn aber.

„Hören Sie sofort auf! Sie bringen ihn um!", schrie Hilde außer sich. Ludwig versuchte wieder, den Hund zu packen, Adela beschwor den Hoteldirektor, Ruhe zu bewahren. Er hatte Schweißtropfen auf der Stirn und sein verzerrter Gesichtsausdruck verhieß nichts Gutes. Hilde schien dies zu ahnen und eilte auf ihn zu. Sie verlor das Gleichgewicht und hielt sich am Kopf des Hoteldirektors ängstlich fest. Mucki ließ plötzlich los und jagte davon. Der überraschte Hoteldirektor machte einen Schritt zurück und stolperte über Ludwig, der immer noch hinter ihm hockte. Gemeinsam mit Hilde fiel der Hoteldirektor nach hinten und stieß Ludwig dabei um. Adela konnte im letzten Moment zur Seite springen. Der Baum kippte um und Ludwig landete zwischen den stechenden Ästen. Er spürte wie Tannenzweige, goldene Weihnachtskugeln und elektrische Lichter unter seinem Gewicht brachen. Der Hoteldirektor stürzte auf ihn. Hilde fiel auf den Direktor. Lametta schneite auf die drei. Plötzlich herrschte entsetzte Stille. Kurz, nur ein paar Atemzüge lange. Dann stürmten Kellner auf sie zu. Adela erkundigte sich nach Ludwigs Befinden. Hilde und der Hoteldirektor wurden von ihm heruntergezogen. Der Hoteldirektor humpelte gebeugt zur Seite. Hilde setzte sich verdattert auf einen Stuhl, den ihr ein Kellner hinschob. Sie hatte Lametta und Tannennadeln im Haar und im Dekolleté. Ludwig schaffte es irgendwie den Kopf zu heben. Die Saallichter blendeten ihn. Er wandte sich ab und blickte verblüfft in ein vertrautes Gesicht. Hatte es ihn doch schwerer erwischt als angenommen? Das konnte doch nicht sein. Sein Kopf hatte wohl eine Gehirnerschütterung davon getragen. Wie sonst hätte er in das Gesicht seiner Tochter Anna schauen können? Sicher nur eine Einbildung. Aber alles wirkte so echt und so nah. Sie schrie laut seinen Namen und rannte auf ihn zu. Ihre

Haare wiegten sich im Wind. Ihre braunen Augen starrten ihn entsetzt an. Nein, es gab keinen Zweifel, er fantasierte. Seine Tochter konnte unmöglich auf einmal im Hotel sein.

19

An diesem Weihnachtsabend wurde das Lied „Stille Nacht" im Festsaal nicht zu Ende gesungen. Hotelangestellte richteten den Christbaum wieder auf und tauschten hektisch die zerstörten Christbaumkugeln und Lichter aus. Zehn Minuten später leuchtete er wieder in voller Pracht. Mucki schlief in seiner karierten Hundetasche. Nur einen Meter entfernt saß sein Frauchen mit Franziska, Rosalinde, Erika und Ewald am Tisch. Hilde und ihrem Hund würde das diesjährige Weihnachten lange in Erinnerung bleiben. Zuvor hatte sich der Hoteldirektor noch bei Hilde, Ludwig und den Gästen für das Durcheinander entschuldigt. Er hatte zwei Flaschen Wein für jeden Tisch gespendet und sich mit einem Weihnachtsgruß und seiner zerbissenen Hose zurückgezogen. Adela saß auf der Bühne neben dem Weihnachtsbaum und spielte „Oh, Tannenbaum".

Ludwig wurde, von seiner Tochter Anna gestützt, aus dem Saal geführt, da ihn seine Zehe auf einmal höllisch schmerzte. Umringt von seinen beiden Enkeln Lena, Lorenz und seinem Schwiegersohn Günter. Er hatte also doch keine Gehirnerschütterung erlitten. Und außer ein paar blauen Flecken keinen Schaden vom Sturz davon getragen. Seine Tochter war wahrhaftig samt ihrer Familie ins Waldviertel gekommen. Ludwig hatte sich noch nicht entschieden, ob er sich darüber freuen oder über die spontane Aktion seiner Tochter verärgert sein sollte. Er war nur froh, als sie gemeinsam sein Hotelzimmer erreichten und seine Tochter hinter ihm die Tür schloss. Erschöpft ließ er sich in den Ohrensessel fallen. Seine Enkelkinder knotzten sich ins Bett. Seine Tochter nahm gegenüber Platz. Und sein Schwiegersohn stakste wie bestellt und nicht abgeholt im Zimmer herum. Seinem Gesichtsausdruck war anzusehen, dass er viel lieber zu Hause auf dem Sofa liegen würde, als hier im Hotel herum zu stehen. Ludwig seufzte. Lorenz spielte auf seinem Handy. Lena beobachtete neugierig, was weiter passierte. Anna räusperte sich.

„Es war eine spontane Entscheidung", begründete ihre Tochter ihr unerwartetes Auftauchen.

„Ich habe mir dich einsam im Hotel vorgestellt. Dieses Bild hat mir im Herzen wehgetan. Es hat mich die ganze Zeit nicht losgelassen. Ich wollte eigentlich allein losfahren, aber Günter hat darauf bestanden, mitzufahren."

Ludwigs Schwiegersohn nickte. Ludwig hörte nur ruhig zu.

„Hier soll es ja eine Therme geben."

„Mit einer umfangreichen Saunawelt", ergänzte Ludwig, weil er sich an Ewalds Schwärmerei erinnerte.

„Wir haben uns zwei Zimmer im Hotel gebucht und werden morgen Wellnessen gehen. Du siehst, wir fallen dir nicht zur Last."

Anna betonte dies, vermutlich weil sie ein ungutes Gefühl hatte, ihn so überrumpelt zu haben. Der Vorfall mit Mucki und ihr plötzliches Auftauchen waren zum denkbar schlechtesten Zeitpunkt passiert. Adela hörte in diesen Minuten zu spielen auf und eigentlich sollte er sie gleich in der Lobby treffen. Irgendwie stand kein guter Stern über Adela und ihm.

„Wo sind eure Zimmer?", fragte Ludwig, um Zeit zu gewinnen.

„Zwei Etagen tiefer im ersten Stock. Die Zimmer sehen genauso aus wie deines."

Plötzlich kramte Anna in ihrer Tasche und nahm ein würfelförmiges Päckchen heraus. Es war in Weihnachtspapier mit blondgelocktem Christkind verpackt. Sie hielt es Ludwig hin.

„Frohe Weihnachten, Paps. Du bist doch nicht verstimmt, dass wir hier sind?"

Ludwig nahm das Geschenk mit einem gemischten Lächeln entgegen.

„Ihr habt euch Sorgen um mich gemacht, weshalb sollte ich da böse auf euch sein. Es passt schon."

Anna atmete erleichtert auf. Ludwig wog es in seinen Händen.

„Ein Klavier ist es nicht", alberte er herum. Lena lächelte und auch Lorenz verzog seinen Mund zu einem Grinsen.

„Mhm. Schwierig."

Ludwig spürte die Plastikverpackung, hatte aber keinen blassen Schimmer, was darin sein konnte. Er betrachtete das Geschenk, dreht es, wog es wieder zwischen seinen Händen.

„Reiß es endlich auf, Opa. Das Christkind hat sich große Mühe gegeben", verlor Lena die Geduld.

„Meinst du? Heute schon? Oder doch erst morgen?", zog Ludwig seine Enkelin auf.

„Heute, Opa. Sofort!", riefen Lena und Lorenz gleichzeitig. „Wenn ihr meint …"

Ludwig riss das Geschenkpapier auf. Lena schaute ihm mit sanftem Lächeln zu. Selbst Lorenz hatte den Blick von seinem Handydisplay abgewandt und wartete gespannt. Eine schwarze Plastikbox kam zum Vorschein.

„Wisst ihr was drinnen ist?", fragte Ludwig in Richtung seiner Enkel. Sie schüttelten den Kopf.

„Lügner! Ich glaube euch kein Wort!"

Die beiden lächelten verschmitzt. Sie glaubten schon seit einigen Jahren nicht mehr ans Christkind. Ludwig öffnete die Box. Etwas war in Zeitungspapier eingewickelt. Er nahm es heraus und wickelte es aus. Ein Schutzengel aus Ton kam zum Vorschein. Er war weiß gekleidet, hatte goldene Flügel, goldene Locken, ein lachendes Gesicht und trug ein Herz in der Hand. Der Engel sah süß aus. Er gefiel Ludwig.

„Danke!"

„Er soll dich die nächsten Jahre beschützen. Es ist auch noch ein Kuvert darin."

Ludwig hatte es nicht sofort gesehen. Er zog das Kuvert heraus und öffnete es. Seine Tochter und ihre Familie wünschten ihm darin frohe Weihnachten. Alle vier hatten unterschrieben. Außerdem lag noch ein Gutschein für dreihundert Euro bei, den er in seinem Stammcafé in Wien einlösen konnte. Er war schon lange nicht mehr dort gewesen.

„Danke! Das wäre doch nicht wirklich nötig gewesen."

Er legte das Kuvert auf seinen Schoß, nahm den Schutzengel in die Hand und betrachtete ihn nachdenklich.

„Den kann ich, wie ihr gesehen habt, gut brauchen. Dann falle ich vielleicht nicht in einen Christbaum. Stell ihn bitte auf das Nachtkästchen."

Er reichte ihn seiner Enkelin. Sie platzierte den Schutzengel vor der Nachttischlampe. Der Engel warf einen langen Schatten. Ludwig betrachtete ihn nachdenklich. Seine Zehe schmerzte wieder. Er erhob sich und humpelte ins Badezimmer. Sein Schwiegersohn stand am Fenster und blickte hinaus. Anna beobachtete besorgt ihren Vater. Ludwig klemmte eine Schmerztablette zwischen die Lippen. Er schluckte das Medikament hinunter und betrachtete sich im Spiegel. War er älter geworden? Er lauschte, ob Anna und ihre Familie miteinander sprachen, aber sie schwiegen. Er drehte den

Wasserhahn auf, hielt seine Hände darunter und fuhr sich mit den Händen übers Gesicht. Sein übliches Ritual, wenn er sich müde fühlte. Ob er Adela doch noch treffen konnte? Sicher, er freute sich über den Besuch seiner Tochter, aber er hatte sie nicht herbestellt. Er hatte nicht vor, jede Sekunde mit ihnen zu verbringen. Seine Tochter hatte sich über ihn hinweggesetzt, doch er wollte nicht mit ihr streiten. Außerdem wollte er noch in die Christmette. Er trat aus dem Bad und lächelte Lena an.

„Hast du Schmerzen? Du hinkst ein wenig?", fragte Anna.

„Nicht der Rede wert. Wollt ihr in den Festsaal auf ein Glas Wein gehen?"

Seine Tochter wechselte mit Günter einen Blick. Er schüttelte den Kopf.

„Du bist sicher müde. Es war ein langer Tag. Wir werden auch auf unser Zimmer gehen und dich in Ruhe lassen. Morgen essen wir dann gemeinsam", sprach Anna für ihren Mann.

„Ja. Mein Sturz in den Christbaum war der unumstrittene Höhepunkt. Das kann ich wohl nicht mehr überbieten", scherzte Ludwig. Anna erhob sich und deutete ihren Kindern mit einer Armbewegung aufzustehen. Unvermittelt klopfte es an der Tür. Anna schaute Ludwig fragend an.

„Ich erwarte niemanden. Wahrscheinlich jemand vom Hotelpersonal."

Wieder klopfte es. Ludwig trat zögernd an die Tür. Adela würde ihn doch nicht in seinem Zimmer aufsuchen? Als wen sollte er sie bloß vorstellen? Seine Tochter würde ihn mit Fragen löchern. Er drückte die Klinke und öffnete die Tür. Rosalinde stand mit breitem Lächeln vor ihm.

„Hallo!", flötete sie. „Ich habe mir Sorgen um dich gemacht und wollte nachschauen, wie es dir geht."

Obwohl sie Ludwig mit keinem Wort einlud, trat sie an ihm vorbei in das Zimmer.

„Störe ich?", fragte sie mehr rhetorisch. Sie stellte sich vor Anna und Günter hin und griente sie süßlich an. Lena musterte sie kritisch. Lorenz eher amüsiert.

„Anna. Schön, euch hier zu sehen."

Während Rosalinde Anna die Hand zum Gruß hinstreckte, warf Anna Ludwig einen überraschten Blick zu. Günter reichte Rosalinde die Hand. Die Enkelkinder nickten Rosalinde nur distanziert zu.

„Aha. Sie sind auch da? Haben Sie sich zufällig hier getroffen?", wollte Anna sofort wissen. Ihr Blick verriet großes Misstrauen.

„Zufällig. Ja", versicherte Ludwig schnell, um etwaige Spekulationen seiner Tochter sofort im Keim zu ersticken.

„Na, ja. Sie wissen ja. Zufälle gibt es nicht", stellte Rosalinde wichtig fest. Ludwig hätte sie dafür am liebsten sofort aus dem Hotelzimmer geschmissen. Glücklicherweise deutete Rosalinda auf das zerknüllte Geschenkpapier.

„Ich habe das Gefühl, in eine private Weihnachtsfeier geplatzt zu sein. Es tut mir leid. Wie gesagt, ich wollte nur nachsehen, ob Ludwig wohlauf ist."

„Ihm geht es gut", stellte Anna mit einem kühlen Lächeln fest.

„Zum Glück. Dann werde ich sie wieder alleine lassen. Ich nehme an, wir sehen uns morgen beim Frühstück."

Die beiden Frauen standen sich gegenüber und lächelten sich an. Wie zwei Raubtiere, die sich maßen. Frauen, dachte Ludwig nur.

„Ja."

„Bleiben Sie auch bis zum Stephanitag?"

„Vermutlich."

„Ausgezeichnet. Dann werden wir uns gewiss öfter über den Weg laufen. Es hat mich sehr gefreut."

„Mich auch."

Sobald Rosalinde seiner Tochter den Rücken zudrehte, verschwand ihr Lächeln von ihren Lippen. Rosalinde strich vertraut über Ludwigs Oberarm und zwinkerte ihm zu.

„Ich gehe hinunter zu den anderen. Wir sehen uns dann morgen, Ludwig. Schlaf gut!"

Sie strich sich ihr Haar hinter das Ohr und stolzierte an ihm vorbei hinaus auf den Gang. Ludwig schloss sofort die Tür hinter ihr. Es herrschte angespanntes

Schweigen im Raum. Günter zupfte an seinem Hemd herum. Lena wartete neugierig ab und sogar Lorenz legte erwartungsvoll sein Handy weg. Anna schien noch in Gedanken zu sein. Ludwig gähnte demonstrativ laut und lange. Er wollte endlich allein sein.

„Frau Kutschera ist also auch hier", begann Anna. Damit war Ludwig klar, dass er nicht so einfach davonkommen würde.

„Triffst du sie öfter?"

Ludwig hatte genau diese Diskussion vermeiden wollen. Seine Tochter steckte seit dem Tod seiner Frau ihre Nase in Dinge, die sie nichts angingen. Nur weil seine Frau gestorben war, war er kein hilfloser Idiot. Anscheinend war seine Tochter ganz anderer Meinung.

„Du stellst Fragen, als ob du meine Mutter wärst."

Ludwigs Stimme war härter geworden. Seine Tochter verstand die Warnung, die darin lag.

„Ich denke, wir sollten gehen. Wir sind alle müde", lenkte Günter ein. Anna nickte, wandte sich aber an Ludwig.

„Es tut mir leid. Ich war nur überrascht, dass deine Nachbarin hier so unerwartet aufgetaucht ist."

„Ich auch, das kannst du mir glauben", fügte Ludwig rasch hinzu.

„Mama ist doch erst vor kurzem von uns gegangen. Das hat mich irritiert. Wahrscheinlich habe ich nicht damit gerechnet, dass du so schnell wieder jemanden triffst."

Ludwig spürte, wie Wut in ihm Aufstieg. Er mochte es nicht, wenn seine Tochter ihm ein schlechtes Gewissen einreden wollte. Wahrscheinlich weil er genau deswegen eines hatte. Aber nicht wegen Rosalinde, sondern wegen Adela.

„Sie feiert jedes Jahr hier Weihnachten mit ihren Freunden. Das habe ich aber erst gestern erfahren. Sie hat mir ihre Freunde vorgestellt und wir haben miteinander gefeiert. Das ist alles, was es dazu zu berichten gibt."

Seine Tochter lächelte ihn argwöhnisch an.

„Wie gesagt, es ist deine Sache."

Ludwig hatte keine Lust mehr, darüber zu diskutieren. Stattdessen verzog er schmerzverzerrt sein Gesicht, obwohl die Schmerzmittel bereits wirkten.

„Kommt Kinder, wir gehen auf unser Zimmer", forderte Günter nun mit fester Stimme. Er hatte offensichtlich auch genug.

„Anna, du bist auch damit gemeint."

Günter fixierte sie mit strengem Blick. Anna fügte sich seufzend.

„Also, gute Nacht, Paps", bemerkte sie resigniert. Ludwig zwang sich zu einem Lächeln und geleitete sie zur Tür.

„Morgen um neun Uhr im Frühstücksaal?", fragte er versöhnlich.

„Sagen wir halb zehn. Die Kinder schlafen in den Ferien immer so lange", feilschte seine Tochter.

„Gut. Dann sehen wir uns morgen. Und feiern Weihnachten nach. Heute hatten wir ja nicht so viel Zeit dazu. Ich lade euch natürlich wie immer zum Essen ein."

Anna verließ als Erste das Zimmer. Günter folgte ihr. Lena gab ihrem Großvater einen klatschenden Kuss auf die Wange. Lorenz klopfte ihm kumpelhaft auf die Schulter. Er schenkte seinem Opa ein selbstbewusstes Grinsen. Ludwig blieb noch in der Tür stehen, bis sie um die Ecke verschwunden waren. Endlich alleine! Er schloss die Tür. Seine Tochter hatte offenbar große Bedenken, wenn er andere Frauen traf. Interessant. Gerade sie hatte sich gegen jede Art von Bevormundung schon als Kind vehement gewehrt. Jetzt sah sie selbst, wie schwierig es manchmal war, sich herauszuhalten. Weshalb glauben erwachsene Kinder eigentlich, für ihre Eltern alles besser zu wissen? Merkwürdig. Schließlich war er noch bei klarem Verstand und hatte bisher ein vernünftiges Leben geführt. Möglicherweise zu vernünftig. Damit war aber nun Schluss. Eilig hastete er zu seinem Handy und blickte aufs Display. Es war dreiviertel Elf. Ob Adela noch in der Lobby auf ihn wartete? Er hoffte es von ganzem Herzen.

20

Ungeduldig linste er alle dreißig Sekunden auf die Uhr auf seinem Handy-Display. Ludwig hatte mit sich selbst vereinbart, fünf Minuten zu warten, ehe er sein Hotelzimmer verlassen würde. Er wollte seine Tochter nicht im Lift oder im Gang antreffen. Wie ein Wolf, der in einem engen Käfig eingesperrt war, zog er im Zimmer seine Runden. Er hatte richtig Herzklopfen. Er spürte ein Kribbeln in seinen Fingern. Vermutlich wegen der Ungewissheit, ob Adela auf ihn wartete oder nicht. Ludwig hatte in dem ganzen Weihnachtsbaum-Chaos keine Gelegenheit mehr gehabt, mit ihr zu reden. Sie hatte sich im Hintergrund gehalten und Ludwig mit seiner Tochter den Festsaal verlassen gesehen. Hätte er doch nur ihre Handynummer notiert! Noch zwei Minuten. Er war fix und fertig angezogen. Sogar seinen Wintermantel trug er schon. Er hielt nach wie vor an dem Plan fest, die Weihnachtsmette in der drei Kilometer entfernten Kapelle zu besuchen. Adela hin oder her. Wenn er nur zehn Minuten mit ihr verbringen konnte, war er schon zufrieden. Vorerst. Ludwig hielt es nicht mehr länger aus. Er war zu angespannt. Nach vier Minuten drückte er die Türklinke, verließ das Hotelzimmer und eilte auf den Lift zu. Er wollte keine weitere Minute mehr verlieren.

In der Hotellobby saßen einige Gäste, die er vom Sehen kannte, und tranken Wein. Er nickte ihnen zu, schenkte ihnen aber keine weitere Aufmerksamkeit. Adela war nicht unter ihnen. Ludwig war enttäuscht. Er hatte sich ausgemalt, die Musikerin hier zu treffen. Sie würde alleine an einem Tisch in der Ecke sitzen. Wenn jemand die Lobby betrat, würde sie jedes Mal ihren Blick heben und nach Ludwig Ausschau halten. Dann würde sie ihm ihr bezauberndes Lächeln schenken. So hatte er sich das ausgemalt. Bedauerlicherweise saß Adela aber an keinem Tisch. Eilig hastete er den Gang entlang auf den Festsaal zu. Er hörte Harfenmusik und Gemurmel. Spielte Adela doch länger als sie vorgehabt hatte? Ludwig atmete voller Vorfreude tief durch. In wenigen Minuten würde er vor Adela stehen. Zuversichtlich betrat er den Festsaal. Sein Blick fiel sofort zur kleinen Bühne. Der Weihnachtsbaum leuchtete, als wäre er nie umgestoßen worden. Weder Adela noch ihre Harfe waren zu sehen. Die Harfenmusik kam aus den Lautsprechern. Ludwig war enttäuscht. Erschöpft. Die meisten Tische waren noch besetzt. Ludwig vermied es, zu dem Tisch mit Ewald und den anderen zu schauen. Sie lachten und hatten ihn noch nicht bemerkt. Er wollte sich davonstehlen, um in Ruhe zur Christmette aufzubrechen. Plötzlich strich ihm eine Hand über den Rücken. Er drehte sich langsam um.

„Ich habe schon gedacht, du kommst nicht mehr."

Rosalinde stand mit einem Lächeln auf den Lippen vor ihm. Auch das noch.

„Wir sind noch gar nicht ungestört zum Reden gekommen. Gehen wir an die Bar. Nur du und ich?", schlug sie Ludwig vor. Ohne seine Antwort abzuwarten, ging sie voraus und schwang dabei ihre Hüften. Ludwig folgte ihr. Weshalb in aller Welt tat er das? Seine Nachbarin steuerte einen Tisch in der Ecke an. Es war ausgerechnet der Tisch, an dem Adela noch vor Stunden mit Ludwig gesessen war. Er blickte verwirrt an der Theke vorbei in die Lobby. Suchte er eine Fluchtmöglichkeit oder war es eine plötzliche Eingebung? Eine Gestalt mit langen, roten Haaren hetzte gerade auf den Ausgang zu. Wie vom Blitz getroffen, blieb Ludwig stehen. War Adela auf der Suche nach ihm? Besuchte sie etwa auch die Mette oder weshalb verließ sie das Hotel um diese Zeit? Rosalinde hatte am Tisch Platz genommen und rief nach ihm. Er blickte überfordert zu Rosalinde, dann zu Adela. Sie verließ gerade das Hotel. Seine Nachbarin sah ihn selig an. Irgendwie tat sie Ludwig leid. Er ging auf sie zu. Was sollte Ludwig bloß tun? Der Kellner trat an Rosalindes Tisch heran und sie bestellte Rotwein.

„Rosalinde", begann er. Sie hob erwartungsvoll den Kopf. Ludwig bemühte sich ruhig zu bleiben. Er blieb stehen, obwohl er eigentlich am liebsten weggelaufen wäre. Er musste endlich Klartext mit Rosalinde reden.

„Du hast also schon bestellt. Schön. Ich muss nur kurz auf die Toilette. Ich bin in fünf Minuten zurück".

Er zwang sich zu einem unschuldigen Lächeln. Rosalinde sah ihn vertrauensvoll an.

„Wir haben alle Zeit der Welt."

Ludwig drehte sich rasch um, eilte an der Theke vorbei und verschwand in der Lobby. Er fragte sich, ob sich seine Nachbarin bereits wunderte, da sich die Toiletten auf der anderen Seite befanden. Es spielte ohnehin keine Rolle, denn sie würde nie mehr ein Wort mit ihm sprechen. Wie ein Waschlappen stahl er sich davon und ließ sie mit zwei Gläsern Wein sitzen. So etwas hatte er noch nie getan. Wieso hatte er nicht den Mut, ihr zu sagen, dass er kein Interesse an ihr hatte? Einfach frei heraus und ohne Ausflüchte. Damit wäre die Angelegenheit ein für alle Mal erledigt. Irgendwie schätzte er Rosalinde. Sicher sie war aufdringlich und neugierig, aber sie setzte sich für ihre Freundinnen ein und hatte ihn bedingungslos in ihre Freundesrunde aufgenommen. So eine Behandlung hatte sie nicht verdient. Er überlegte, umzudrehen. Doch nur flüchtig, denn er sah durch die Glasscheibe, wie Adela am Hotel entlang stapfte. Sie schien ganz in Gedanken versunken und blickte weder rechts noch links. Ludwig beschleunigte seinen Schritt. Er würde sich morgen bei Rosalinde entschuldigen. Nun hatte er Wichtigeres zu tun: Er musste herausfinden, wohin Adela wollte. Sie bog um die Ecke und verschwand in der Dunkelheit. Ludwig konnte sich keinen Reim darauf machen. Er befand sich auf der Höhe der Bar und blickte durchs Fenster. Rosalinde saß alleine am

Tisch, vor ihr zwei Gläser Rotwein. Sie wirkte nachdenklich und warf immer wieder Blicke in Richtung Lobby. Ludwig fühlte sich abgrundtief schlecht. Gerade, als er sich abwenden wollte, stierte Rosalinde in seine Richtung. Er duckte sich hinter einen Weihnachtsbaum und hetzte weiter. Hinter der Hecke folgte er dem ausgetretenen Pfad zum Teich. Was um alles in der Welt trieb Adela in der Nacht am Teich? Von wo er stand, konnte Ludwig durch die riesigen Terrassenfenster in den Festsaal sehen. Er erkannte Erika und Ewald. Ewald hatte den Arm um Erika gelegt. Franziska und Hilde erhoben sich gerade. Hilde strahlte über das ganze Gesicht und tätschelte Franziska zärtlich an der Schulter. Was war zwischen den beiden passiert? Hatte sie die Weihnachtsstimmung gepackt und sie sich wieder ausgesöhnt? Ludwig konzentrierte sich auf den Weg. Es war rutschig und er wollte einen Sturz vermeiden. Er passierte den Hügel und hatte nun freien Blick auf das Wasser. Scheinwerfer beleuchteten den Teich und die Weinfässer. Hatte er Adelas Spur verloren? Vorsichtig setzte er einen Schritt vor den anderen, da es steil bergab ging. Hatte er Stimmen gehört? Er blieb stehen und lauschte in die Dunkelheit. Ganz deutlich hörte er eine weibliche und eine männliche Stimme. Sie sprachen aufgeregt miteinander. Neugierig schlich er näher. Eine Birke hob sich dunkel vom Schnee ab. Wieder hörte er eine aufgeregte Frauenstimme auf jemanden einreden. Ludwig bahnte sich im knietiefen Schnee einen Weg. Er wollte nicht entdeckt werden, daher wich er dem Scheinwerferlicht aus. Ein schneebedeckter Strauch gab ihm Schutz. Er lauschte auf die Stimmen. Die Birke stand ungefähr dreißig Meter von ihm entfernt. Er hockte sich hin. Wieder hörte er eine Frauenstimme.

„Du hast versprochen, mich in Ruhe zu lassen", hört er Adelas aufgebrachte Stimme. Ihm war augenblicklich klar, mit wem sie in dem harschen Ton sprach.

„Ich weiß, unsere Trennung fällt dir nicht leicht. Es ist für mich auch nicht einfach."

Ludwig rümpfte die Nase. Er hatte ein schlechtes Gefühl, weil er die beiden belauschte.

„Aber du führst dich auf wie ein Kleinkind. Es ist aus. Wir haben es miteinander besprochen. Es ändert nichts daran."

„Adela, ich kann ohne dich nicht leben. Das weißt du. Ich habe es die letzten zwei Monate versucht. Du fehlst mir, begreifst du das nicht? Du fehlst mir! Du -"

„Hör auf, Wolfgang. Ich möchte solche Dinge aus deinem Mund nicht mehr hören. Du hattest deine Chancen. Viele. Irgendwann gibt es kein Zurück mehr."

„Ist es wegen diesem … diesem Ludwig?", fragte Adelas Ehemann schroff. Ludwig schoss blitzartig eine Gänsehaut auf. Nun stand er auf einmal im Mittelpunkt der Diskussion. Vor ein paar Tagen hatte er von Adelas Existenz keinen blassen Schimmer gehabt. Nun wollte ihr Ehemann wissen, wie es zwischen Adela und ihm stand. Ludwig war selbst auf die Antwort gespannt.

„Was soll Ludwig mit uns zu tun haben?", reagierte Adela pampig.

„Spiel mir doch nichts vor. Du kennst ihn sicher schon länger?"

Ludwigs Herz hämmerte wild in seiner Brust.

„Nein. Da liegst du völlig falsch. Ich habe ihn erst gestern kennengelernt. Wir haben ein paar Mal miteinander gesprochen. Mehr war da nicht."

Ludwig hörte nun gespannt hin.

„Ich liebe dich, Adela."

„Halt den Mund!"

Wolfgang trat einen Schritt näher, so als ob er Adela umarmen wollte. Die Musikerin wich ein paar Schritte zurück.

„Geh weg! Lass mich!"

In Adelas Stimme lag eine deutliche Warnung. Ludwig würde sofort eingreifen, wenn Wolfgang Adela wehtat. Er verachtete Männer, die Frauen und Kinder misshandelten. Ein dunkler Schatten bewegte sich von der Birke ein paar Meter weg. Adelas Mann entfernte sich ein paar Meter von seiner Frau.

„Du solltest schlafen gehen", schlug sie versöhnlicher vor. „Du hast zu viel getrunken. Bitte komm mit und leg dich ins Bett."

„Wo soll ich hin? Ich habe kein Hotelzimmer mehr bekommen."

„Du kannst in meinem Zimmer schlafen, aber bitte kommt jetzt mit."

Ludwig wankte. Hatte er richtig gehört? Hatte sie ihn wirklich gerade in ihr Zimmer eingeladen?

„Was ist mit dir und diesem Ludwig?"

„Er wird morgen wieder abreisen und dann sehen wir uns nie wieder."

„Versprochen?"

Es herrscht ein paar Sekunden Stille, ehe Adela antwortete. Was gab es da lange zu überlegen, ärgerte sich Ludwig.

„Es geht dich zwar nichts an, aber versprochen."

Ludwig fiel die Kinnlade hinunter. Er konnte nicht glauben, was die Musikerin zu ihrem Ehemann gesagt hatte. Er konnte es einfach nicht fassen. Für sie war von Anfang an klar, dass sie danach getrennte Wege gingen. Er erhob sich schwerfällig, drehte sich abrupt um und trottete den Hügel empor. Es war ihm egal, ob er entdeckt wurde oder nicht. Ihm war es egal, wie lange sich Adela und Wolfgang noch unterhielten. Ihm war auf einmal alles egal.

„Kommst du nun mit ins Hotel?"

„Ich weiß nicht."

„Komm endlich. Mir ist kalt. Im Hotelzimmer ist es schön warm. Es war ein langer Tag. Ich bin müde."

Ludwig hielt sich die Ohren zu. Er wollte nicht länger zuhören. Er drehte sich kein einziges Mal um. Er war traurig, zornig und ärgerte sich über seine Naivität. Wieder einmal. Wie hatte er nur annehmen können, dass Adela mehr von ihm wollte. Es ging ihm um keinen Deut besser als Rosalinde. Genau wie sie hatte er sich in etwas verrannt. Genau wie sie, war er einer Täuschung erlegen. Adelas Worte hatten ihn verletzt und ihn zurück in die Wirklichkeit geholt. Deprimiert trat er auf die geräumte Landstraße und flüchtete sich in die Dunkelheit. Er wollte nur noch allein sein. Soweit wie möglich vom Hotel, von seiner Tochter, von Rosalinde und den anderen und vor allem von Adela entfernt sein. Die Harfenistin sollte nicht länger seine Gedanken beherrschen. Nicht am „Heiligen Abend" und auch danach nie mehr.

21

Ludwig fühlte sich in der Dunkelheit geborgen. Die Stille, sein regelmäßiger Atem und die Monotonie des Gehens ließen ihn ruhiger werden. Die Gedanken jagten nun nicht mehr unkontrolliert durch sein Gehirn. Er hatte den Eindruck, das Hotel und die Menschen, die er dort kennen gelernt hatte, wären unendlich weit entfernt und besäßen für ihn keine Bedeutung mehr. Er wusste, dass er sich selbst belog. Vor einer Kurve drehte er sich nochmals um und blickte zurück. Die Lichter des Hotels hoben sich von der Schneelandschaft ab. Wie ein Raumschiff, das jederzeit wegfliegen konnte, kam es Ludwig aus dieser Entfernung vor. Er wandte sich wieder um und folgte der Straße. Es war nach wie vor windstill. Der Schneeboden dämpfte seine Schritte. Die krachenden Geräusche, die dabei entstanden, erschienen ihm wie eine Geheimsprache, die er nie entziffern würde. Er hatte nicht auf die Uhr geschaut, wie lange er schon unterwegs war, aber mehr als eine Viertelstunde gewiss nicht. Im Gehen hatte seine Frau wieder seine Gedanken erobert. Er sah sie vor sich, wie sie ihm heftige Vorwürfe machte. In dem letzten Jahr war regelmäßig eine Putzfrau zu ihnen gekommen. Sie war dreiundfünfzig Jahre alt gewesen, mit lockigem Haar und einem freundlichen Gemüt. Sie hatte unentwegt gelacht, war flink und gründlich gewesen. Es war die Zeit nach dem Oberschenkelhalsbruch seiner Frau. Sie lag die meiste

Zeit im Bett oder saß im Rollstuhl. Mit Argusaugen hatte sie die Putzfrau beobachtet und streng Anweisungen gegeben. Es war Ludwig sofort aufgefallen, dass seine Frau offensichtlich eine andere Frau nicht in ihrem Haus duldete. Nachdem die Putzfrau das Haus verlassen hatte, begann seine Frau jedes Mal zu sticheln. Sie hatte ihm ein Verhältnis mit ihr angedichtet und sich in diesem Gedanken festgebissen. Seine Frau hatte ihn einen Idioten und alten Trottel geschimpft. Mit feindseligem Blick angeschrien. In den dreißig Jahren Ehe hatte sie niemals derartige Worte für ihn gefunden. Ihr Wesen änderte sich von einer Sekunde auf die andere. Je eingeschränkter sie war, umso heftiger fielen die Schimpftiraden aus. Ihre Worte verletzten ihn. Er litt darunter, auch heute noch hatte er diese Demütigungen im Kopf. Obwohl er wusste, dass ihre Gemütsänderung mit der Krankheit und den Medikamenten zu tun hatte. Ludwig hatte anfangs versucht, ihre Beschuldigungen sachlich zu entkräften. Sie war aber nicht einsichtig, im Gegenteil manchmal wurde sie nur wütender. Mit der Zeit hatte er es aber aufgegeben. Er hatte keine Kraft mehr, mit ihr zu streiten. Wenn sie sich wieder in Rage redete, verließ er einfach das Zimmer. Dies war seine Strategie, mit der Situation umzugehen. Wenn er eine Stunde später wieder ihr Zimmer betrat, hatte sie sich beruhigt. Ludwig hatte sich mit Ärzten darüber unterhalten, die ihm erklärten, dass Eifersucht eine Nebenwirkung der Arzneien sein konnte. Ebenso wie Halluzinationen. Seine Frau sah manchmal dunkle Männer. Sie behauptete, dass sie durch das Haus schlichen und sie bedrohten. Anfangs hatte Ludwig darüber gelacht, ihr erklärt, dass die Medikamente derartige Trugbilder in ihrem Gehirn erzeugten. Sie hatte ihm kein Wort geglaubt und wieder waren dunkle Männer erschienen. Nach und nach hatte er ihre detaillierten Schilderungen akzeptiert und nicht mehr dagegen geredet. Sie fühlte sich ernst genommen und von da an verliefen die Tage wieder harmonischer. Er konnte mit niemanden über die Veränderungen reden. Sicher, seine beiden Kinder unterstützen ihn, aber die Hauptlast hatte er getragen. Vor allem die zunehmende Isolation machte ihm zu schaffen. Je schwächer sie körperlich wurde, desto mehr hatte sie sich auf ihn konzentriert. Sie blieb ungern alleine, wenn er einkaufen fuhr. Wenn er länger wegblieb, rief sie ihn an. Sie forderte ihn unwirsch auf, nach Hause zu kommen, hatte geweint oder ins Telefon gejammert. Er konnte kaum mehr in Ruhe seine Besorgungen erledigen. Sie war gefangen in ihrem kranken Körper und er war von Tag zu Tag mehr gefangen in seinen eigenen vier Wänden. Nur mit Hilfe seiner Tochter und seines Sohnes konnte er sie manchmal ins Auto heben, um kleine Ausflüge mit ihr zu machen. Irgendwann wollte sie das nicht mehr. Ludwig hatte sich in dieser Zeit allein gelassen gefühlt. Er nahm an, so ging es vielen, die eine kranke Person pflegten. Sie verbrachten die meiste Zeit mit Fernsehen. Oder saßen im Sommer auf der Terrasse. So vergingen die Tage. Hin und wieder hatten sie Besuch. Viel weniger als in den vorangegangenen Jahren. Viele Freundinnen seiner Frau hatten sich abgewandt. Seine Frau war darüber verbittert und gekränkt. Vermutlich konnten sie es nicht ertragen, ihre Freundin verfallen zu sehen. Oder sie hatten Angst, Zeit mit einer Kranken zu verbringen oder schlichtweg keine Zeit oder keine Lust dazu. Ludwig würde sie nie danach fragen. Er suchte keinen Kontakt mehr zu diesen Leuten. Zum Glück gab es aber auch ein paar treue Gefährtinnen. Eine Hand-voll. Die Nachbarn, die Schwägerinnen und eine alte Freundin, die sie regelmäßig besuchten und so seiner Frau die Welt nach Hause brachten. Sie setzte ja keinen Schritt mehr vor die Tür. Diesen treuen Seelen war Ludwig sehr dankbar. Ihre Fürsorge würde er niemals vergessen.

Kurt kam ihm plötzlich in den Sinn. Er hatte es verabsäumt, ihn anzurufen und ihm „Frohe Weihnachten" zu wünschen. Nun war es zu spät. Er würde es morgen in der Früh nachholen. Ludwig hoffte, dass Kurt sich rasch von seinem Herzinfarkt erholte und bald das Wilhelminen-Spital verlassen konnte. Er freute sich schon auf ein Gespräch mit Kurt. Ihre Freund-schaft hielt schon viele Jahrzehnte. Dafür war ihm Lud-wig ebenso zugetan wie für die Unterstützung in den letzten Jahren. Er hatte sie einmal in der Woche be-sucht. Kurt war laut und ein Sturschädel. Er nahm einen Raum ein, wenn er ihn betrat. Er fand, egal wo er hinfuhr, schnell Freunde und unterhielt sich mit ihnen. Mit einem Wort, er war kein Kind von Traurigkeit. Wie es seinem Naturell entsprach, verbreitete er meist gute Stimmung. Kurt verscheuchte so für Stunden die Schwere, die sich in der Villa eingenistet hatte.

In den Jahren zuvor, als sie noch gehen konnte, hatten seine Frau und Ludwig viel miteinander gelacht. Oft nur über Kleinigkeiten. Oder wenn seine Frau plötzlich aufgrund der Krankheit keinen Schritt mehr vor den anderen setzen konnte. Dann hatte sie Ludwig gerufen. Er hatte sich vor sie gestellt, sie hatte ihre Hände auf seine Schultern gelegt und er hatte sie wie bei einem Tanz, nur ohne Partymusik, in das Wohnzimmer geführt. Er hatte den Takt vorgegeben. Eins, zwei, eins, zwei! Die Schritte eingezählt und sie so motiviert, weiter zu gehen. Sie waren hintereinander marschiert und hatten wie früher herumgealbert. Sie hatten damit einen neuen Weg gefunden, mit beschwerlichen Situationen fortan mit Humor umzugehen. Die Krankheit und ihre Folgen nicht mehr allzu ernst zu nehmen. Es hatte sie einander wieder näher gebracht.

Ludwig tauchte in das Waldstück ein, in dem die Kapelle stand. Er war es nicht gewohnt, nachts alleine durch den Wald zu wandern. Aufgrund des Schnees blieb es helle. Ludwig hörte wachsam auf jedes Geräusch. Hinter jedem Baumstamm vermutete er eine Gestalt. Mit der Zeit gewöhnte er sich an die dunklen Schatten und ging seines Weges, ohne sich darum zu

kümmern. Vom Gotteshaus konnte er nicht mehr weit
entfernt sein. Er blieb stehen und warf einen Blick auf
die Uhr auf seinem Handy. In fünfundzwanzig Minuten
begann die Mette. Noch war ihm kein Auto begegnet.
Plötzlich entdeckte Ludwig zwei Scheinwerfer in der
Ferne, die näher kamen. Wahrscheinlich Kirchgänger
oder der Pfarrer mit seinen Ministranten. Oder jemand
fuhr von einer Weihnachtsfeier nach Hause. Vorsichts-
halber verließ Ludwig die Fahrbahn und trat auf den
verschneiten, schmalen Streifen, der entlang der Straße
verlief. Dahinter standen Bäume. Er trug dunkle Kleidung und wollte nicht vom Fahrer über den Haufen
gefahren werden. Das Auto verlangsamte das Tempo.
Der Fahrer hatte ihn also gesehen. Ludwig wandte sich
nicht um. Der Wagen würde jede Minuten an ihm vor-
beifahren. Er hörte auf das Motorengeräusch. Warum
überholte ihn das Auto nicht? Ludwig drehte sich um
und blickte direkt in das Scheinwerferlicht. Der Wagen
fuhr nur mehr zwanzig Meter hinter ihm. Das Licht
blendete. Ludwig kniff die Augen zusammen und winkte das Fahrzeug mit der anderen Hand vorbei. Er war
stehen geblieben. Ludwig hielt sich die Hand über die
Augen, um mehr zu sehen. Vergebens. Der Wagen
stoppte und die Scheinwerfer gingen auf einmal aus.
Ludwigs Augen mussten sich erst an die Dunkelheit
gewöhnen. Er hörte wie eine Tür geöffnet wurde und
sah eine Gestalt aus dem Auto steigen.

„Ludwig?", hört er schüchtern eine Frauenstimme fragen.

„Adela?"

Die Gestalt blieb stehen. Ludwig konnte sich keinen Reim darauf machen, wieso die Musikerin plötzlich vor ihm stand. Sie hatte doch gerade vorhin noch mit ihrem Mann gestritten. Wo war er? Saß ihr Mann in dem Auto?

„Ja."

Adela und Ludwig standen ein paar Meter voneinander entfernt in der Dunkelheit.

„Ich habe an deine Zimmertür geklopft, aber du warst nicht da. Ich habe den Festsaal, die Bar und die Lobby nach dir abgesucht. Auch dort habe ich dich nicht gefunden. Da habe ich mich erinnert, dass du auf unserer Autofahrt von der Mette erzählt hast, die du besuchen wolltest."

Ludwig war von Adelas Worten überrascht. Er hatte nicht damit gerechnet, dass sie sich mitten in der Nacht aufmachen würde, um ihn zu suchen. Wusste die Frau eigentlich, was sie wollte?

„Ich habe die Unterhaltung mit deinem Mann mitangehört."

„Was? Du spionierst mir nach?"

Adelas Stimme klang kühl. Sie bewegte sich keinen Zentimeter. Ludwig konnte ihren Gesichtsausdruck in der Dunkelheit nicht erkennen.

„Nein, nein. Es war keine Absicht. Ich habe dich gesucht und dich beim Verlassen des Hotels beobachtet. Ich bin dir gefolgt. Ich wollte euch nicht belauschen …"

„Sowieso. Warum hast du dich dann nicht bemerkbar gemacht?"

„Ja, ich gebe zu, ich war neugierig. Aber ich hatte kein gutes Gefühl dabei. Als ihr über mich geredet habt, bin ich gegangen."

Ludwig schwieg und auch Adela ließ sich Zeit mit einer Entgegnung. Noch immer war niemand auf der Landstraße unterwegs.

„Mein Mann war betrunken. Er hat mich angerufen und gedroht auf den Teich zu gehen. Er hat ein Riesentheater gemacht. Ich hatte Angst, er könnte sich etwas antun. Deshalb bin ich zu ihm gegangen. Du darfst nicht glauben, was ich zu ihm gesagt habe. Ich wollte ihn beruhigen. Das war auch der Grund, weshalb ich so distanziert von dir gesprochen habe. Es ist mir nichts anderes übrig geblieben. Ich wollte nur, dass er Ruhe gibt und mit mir ins Hotel geht. Er sollte einfach seinen Rausch ausschlafen."

„Und wo ist er jetzt?"

„In meinem Hotelzimmer."

„Das sagt doch schon alles über uns."

„Ludwig, wir waren fünf Jahre verheiratet. Ich behandle ihn wie einen Freund."

„Einen Freund, der nach wie vor verliebt in dich ist."

„Ich habe die Beziehung beendet. Ich werde nicht zu ihm zurückkehren."

„Er wird dich nie loslassen. Nie."

„Er wird es müssen. Er hat keine andere Wahl."

Adelas Stimme war nun ernst und bestimmt. Ludwig wollte ihr nur allzu gerne glauben.

„Ich mag dich, Adela. Sehr. Obwohl ich dich noch nicht lange kenne. Aber ich kann das nicht, Adela. Ich habe erst vor kurzem meine Frau verloren. Ich weiß noch gar nicht, ob ich für etwas Ernstes überhaupt bereit bin."

Ludwig war auf Adela zugegangen. Sie standen nur einen Meter voneinander entfernt. Noch immer konnte Ludwig ihre grünen Augen in der Finsternis nicht sehen. Er hörte ihren Atem. Sie seufzte.

„Es tut mir leid", sagte Ludwig. Adela nickte und stand einen Moment da.

„Mir auch", erwiderte sie dann, drehte sich um und schritt langsam auf ihr Auto zu. Das Licht ging an, als sie die Fahrertür öffnete. Ein paar Sekunden war Adela im Auto angestrahlt. Sie sah traurig in seine Richtung. Ludwig hörte, wie sie den Wagen startete. Das Innenlicht ging aus. Der Wagen rollte langsam an ihm vorbei. Erst als sie ihn passiert hatte, machte sie das Licht an und trat fester aufs Gaspedal. Der Wagen fuhr die Straße entlang. Ludwig blieb stehen und blickte ihr nach. Adela war aufrichtig zu ihm. Weshalb hatte er sie weggestoßen? Die roten Rücklichter zogen Adela von ihm fort. Er war wieder allein.

22

Die Stille fing Ludwig ein. Er verweilte auf seinem Platz und horchte. Kein Windhauch bewegte die Äste und kein Laut drang an sein Ohr. Kein Geräusch eines aufgescheuchten Rehes ließ ihn den Kopf heben. Nichts. Da war nichts. Stand auf einmal die Zeit still? Ludwig kam sich inmitten der Dunkelheit wie das einzige Lebewesen an diesem unwirtlichen Ort vor. Die Kälte brannte auf seiner Haut, aber sie setzte ihm viel weniger zu als seine Einsamkeit. Sie war nun allgegenwärtig. Ein Licht der Hoffnung schien mit Adela gegangen zu sein. Wie theatralisch seine Gedanken auf einmal waren, ärgerte er sich. Ich war vorher allein und nun bin ich es wieder. So ist es eben. Genervt schüttelte er den Kopf. Er konnte das Gefühl nicht verscheuchen, einen Fehler gemacht zu haben. Er schloss die Augen und horchte wiederum. Diesmal in sein Inneres. Er hoffte auf einen Hinweis. Eine Eingebung, eine innere Stimme, die ihm den Weg wies. Aber außer einem undefinierbaren Rauschen, das klang, als habe sein Fernseher eine Bildstörung, nahm er nichts wahr. Bedrückt öffnete er die Augen und spazierte weiter. Er schaffte nur wenige Meter, ehe er gebannt stehen blieb. Er konnte es sich nicht erklären. Wurde er womöglich langsam verrückt oder weshalb spürte er auf einmal an seiner rechten Seite eine unsichtbare Gegenwart?

Ludwig hatte noch nie zuvor derartig verwirrende Beobachtungen gemacht. Verschwinde, dachte er instinktiv, da ihm die Sinneseindrücke Angst machten, große Angst. Er bemühte sich rational zu denken. Gewiss, es gab Energiefelder, die Menschen beeinflussten. Daran glaubte er auf jeden Fall. In seiner Arbeit als Architekt hatte er dies mehrfach feststellen können. Gebäude, Räume, Farben, Geräusche und Gerüche lösten etwas in den Menschen aus. Doch für ihn war da noch mehr. Wenn er ein Zimmer betrat, hatte er für gewöhnlich das Gefühl, die vorherrschenden Stimmungen darin wahrnehmen zu können. In Büros, in Krankenzimmern und bei Kundenterminen war dies gelegentlich der Fall gewesen. Oder es gab Kraftplätze in der Natur wie riesige Steine, mächtige Bäume, eine Lichtung, einen Wasserfall und okkulte Plätze, deren stärkende Wirkung er spürte. Er hatte keine Erklärung dafür. Mit seinen Kollegen hatte er sich darüber niemals ausgetauscht. Vermutlich, weil er befürchtete, nicht mehr für voll genommen und in ein esoterisches Eck gerückt zu werden. Außerdem hätte die Auftragslage seines Architekturbüros darunter gelitten. Dennoch hatte er so eine massive Anwesenheit wie diese noch nie in seinem Leben gefühlt. Er konnte nicht sagen, wie groß diese Gegenwart war. Auch nicht, wie hoch und wie breit. Ob sie wolkenähnlich oder geleeartig war. Er wusste nichts, außer dass sie vor einigen Minuten an seiner rechten Seite aufgetaucht war und neben ihm blieb, egal, ob er weiterging oder stehenblieb. Gut einen Meter von ihm befand sich diese unsichtbare Gestalt. Er wusste sofort, dass es nur seine Frau sein konnte. Die Energie kam ihm vertraut vor und zweifellos war sie ihm wohlgesonnen. Zunächst beunruhigte sie Ludwig, aber je länger sie hier war, desto eher konnte er sie annehmen. Er fühlte sich an ihrer Seite geborgen. Wie durch ein Wunder war seine Einsamkeit wie weggewischt. Was bedeutete dies alles? Weshalb suchte sie seine Nähe? Wollte sie ihm etwas damit sagen oder hatte sie einfach seine Verzweiflung gespürt und wollte ihn trösten? Er fragte seine Frau, weshalb sie hier war, aber er bekam keine Antwort darauf. Es schien, als ob sie nicht mehr dieselbe Sprache benutzten. Ein Gefühl der Geborgenheit durchströmte seinen Körper. Er war nun überzeugt, dass alles gut werden würde. Diese Empfindung beruhigte ihn. Ihr Band würde im Laufe der Zeit schwächer werden, aber niemals abreißen. Einerlei, ob er neue Wege ging oder sich neuen Menschen zuwandte. Ludwig verspürte den Drang, in die Kirche gehen zu müssen. Unvermittelt setzte er sich in Bewegung. Weit konnte es nicht mehr sein bis zur Kapelle. Die Gegenwart begleitete ihn noch einige Meter, dann verließ sie ihn so unerwartet, wie sie aufgetaucht war. Das Gefühl des Friedens hielt an. Er hatte den Eindruck, es konnte nur so und nicht anders sein.

Nach ein paar Minuten näherten sich mehrere Autos in einer Kolonne. Die Fahrzeuge fuhren langsam an

Ludwig vorbei. Ihre Scheinwerfer erhellten die romanische Kapelle, die zwischen Eichen nur mehr zweihundert Meter von ihm entfernt stand. Es gehörte zur Tradition der Bewohner der umliegenden Häuser und Höfe, dort die Christmette zu feiern. Außer zu Weihnachten fanden keine Gottesdienste in der Kapelle statt, hatte ihm der Taxifahrer Otto erzählt. Es war also etwas Besonderes. Der beleuchtete, weiße Kirchturm mit dem schwarzen Dach hob sich deutlich vom Schiff ab. An der Spitze glänzte ein Kreuz. Ludwig beschleunigte seinen Schritt und nach wenigen Minuten hatte er das Gotteshaus erreicht. Mehr und mehr Autos rollten an und parkten entlang der Landstraße. Ludwig hörte Gemurmel und mit einem Mal hatte er das Gefühl, Teil der Gemeinschaft zu sein. Das dunkle Tor war geöffnet. Es saßen bereits Gläubige in der spärlich beleuchteten Kirche. Ludwig tauchte seine Finger ins Weihwasserbecken. Er machte ein Kreuzzeichen und betrat andächtig die Kirche. Neugierige Blicke richteten sich auf ihn. Wahrscheinlich fragten sich die Einheimischen, wer er war und woher er kam. Ludwig setzte sich in eine Holzbank im hinteren Drittel der Kirche. Er saß ganz am Rand. Nur ein kleiner Deckenleuchter und Kerzen in Wandleuchtern brannten. Es roch nach Weihrauch, ein Duft, den Ludwig seit seiner Kindheit liebte. Ludwig mochte die feierliche Stille in dem sakralen Gebäude. Er zog sich in Wien auch öfter von der Alltagshektik in leere Gotteshäuser zurück. Drin war es angenehm kühl und ruhig, er konnte seine Gedanken sammeln und sich eine Auszeit von den vielen Anforderungen des Lebens nehmen. Gerade in den letzten Jahren hatte ihm sein Glaube Kraft gegeben. Wenn er gar nicht mehr weiter gewusst hatte, wenn er keinen Ausweg mehr sah und schwarze Gedanken ihn heimsuchten, half es ihm, zu beten und Gott um Beistand zu bitten. Meist tat er dies in seinem Arbeitszimmer, so dass es seine Frau nicht mitbekam. Er betete überwiegend in Gedanken, nur, wenn es besonders schlimm war, sprach er seine Gebete laut. Allein diese Anrufung ließ Ludwig dann wieder hoffen und neue Kraft für den Alltag schöpfen. War es seine Stimme, die ihn beruhigte oder die Gewissheit, mit einer Macht verbunden zu sein, die alles andere in den Schatten stellte? So gewaltig und unermesslich empfand er die göttliche Anwesenheit in diesen Augenblicken. Er glaubte, sie zu spüren. Ihm wurde warm ums Herz, er fühlte sich geborgen und allem gewachsen. Eine undefinierbare Euphorie suchte ihn heim und schenkte ihm inneren Frieden. Genauso wie vorhin die Gegenwart seiner Frau. War es dieselbe Energie, die auf unterschiedliche Weise wirkte? Ludwig durchdrang jäh ein Gefühl des Dankes, das die fragenden Stimmen in ihm verklingen ließ.

23

Auf dem weißen Altar brannten zwei Kerzen. Dahinter stand ein Holzkreuz. Davor lag aufgeschlagen die „Heilige Schrift". In der Kirche herrschte leises Gemurmel. Ludwig war froh, dass sich auf der Holzbank ein Schaumstoffpolster befand. So saß er nicht so hart. Die Heizung unter der Holzbank war eingeschaltet. Nach und nach strömten Menschen in die Kapelle. Neben Ludwig nahm ein Mann Platz. Er war aufgestanden und hatte den Gläubigen in die Reihe gelassen, damit er den Randplatz behielt. Auch im Flugzeug saß er lieber am Gangplatz. So fühlte er sich nicht eingesperrt und konnte jederzeit aufstehen. Wie erhofft, waren Rosalinde und die anderen der Mette fern geblieben. Adela hatte wohl längst das Hotel erreicht und war selbstverständlich bereits in ihrem Zimmer bei ihrem Mann. Der Gedanke daran wühlte Ludwig auf. Wieso hatte er sie vorhin weggeschickt?

Zum Glück zog der Pfarrer gemeinsam mit vier Ministranten in die Kirche ein und eröffnete die Mitternachtsmette. Der vollbärtige Pfarrer hatte graues Haar und schritt souverän auf den Altar zu. Er hatte eine freundliche Ausstrahlung und seine tiefe Stimme wirkte beruhigend. Gleich nachdem er die Anwesenden herzlich begrüßt hatte, ertönte Trompetenmusik. Dunkel und schwerfällig eroberten die Klänge das Gotteshaus. Ludwig drehte sich um. Drei Bläser hielten ihre glänzenden, goldenen Instrumente in den Händen und versetzten die Gläubigen in eine eigentümlich festliche Stimmung. Ludwig wandte sich wieder dem Pfarrer zu und genoss die Musik. Noch vor zwei Stunden hatte er Adela an ihrer Harfe bewundert und sich ganz in ihrem Zauber verloren. Ludwig wurde schmerzlich bewusst, dass er falsch gehandelt hatte. Mitten in der schwermütigen Melodie ging plötzlich das Tor auf und Adela betrat das Gotteshaus. Ludwig traute seinen Augen nicht, aber es gab keinen Zweifel. Die hübsche Musikerin mit dem roten Haar stand unmittelbar vor ihm. Auf der Suche nach einem freien Platz schweifte ihr Blick über die Köpfe der Gottesdienstbesucher und blieb an ihm haften. Ludwig wagte kaum zu atmen, so angespannt war er. Die Musikerin lächelte ihn offen an und trat näher an seine Bankreihe. Er nickte einladend und rückte ein Stück zur Seite. Adela kniete sich hin und machte ein Kreuzzeichen, ehe sie sich neben ihn setzte. Ihre Blicke trafen sich schüchtern. Ludwig war auf einmal hochgestimmt. Was löste die Frau bloß in ihm aus? Zum ersten Mal hatte er ausreichend Zeit, ihre schlanken, gefalteten Hände zu betrachten. Ihre Nägel waren regelmäßig gefeilt und rot lackiert. Schon immer hatte er bei Frauen eine Vorliebe für lackierte Nägel gehabt. Noch so ein merkwürdiger Zufall, der Ludwig zu denken gab. Adela an seiner Seite fühlte sich gut an.

Der Predigt des Pfarrers konnte er nur mit einem Ohr folgen. Zu sehr lenkte ihn die Anwesenheit von

Adela ab. Er streifte mit seinen Blicken ihr makelloses Kinn, ihre gerade Nase, strich weiter über ihr Muttermal hin zu ihren sinnlichen Lippen. Der Pfarrer beendete die Predigt. Ludwig folgte dem Gottesdienst wie in Trance. Er stand auf, wenn die anderen es taten, setzte sich, wenn die Gläubigen wieder Platz nahmen und sang mit, wenn ein Lied folgte. Adela wandte sich ihm kein einziges Mal zu. Der Pfarrer forderte sie auf, aufzustehen und sich die Hände zu reichen, um gemeinsam das „Vater unser" zu singen. Ludwig und Adela erhoben sich. Sie gaben einander die Hand. Erst jetzt trafen sich ihre Blicke. Adelas Hand lag perfekt in seiner, aber wann würden die ersten Zweifel wieder auftauchen? Ludwig reichte seine linke Hand einem Mann, der sie mit seiner riesigen Pranke umschloss. Der Deckenleuchter wurde abgeschaltet. Nur die Kerzen am Altar und an der Wand sorgten für warmes Licht. Es war schlagartig mucksmäuschenstill in der Kirche geworden. Ludwig warf Adela einen Blick zu. Sie spürte es und sah ihm in die Augen. Der Pfarrer stimmte feierlich das „Vater unser" an. Das von der Gemeinschaft gesungene Lied löste in Ludwig ein wunderbares Hochgefühl aus. Er drückte Adelas Hand fester. Der Klang des „Vater unsers" füllte das ganze Gotteshaus aus. A cappella ging das Lied Ludwig direkt ins Herz. Ergriffen sang er mit und hörte Adelas höhere Stimme. „Geheiligt werde dein Name, dein Reich komme …", schallte es durch das Gotteshaus. So hätte er noch stundenlang da stehen können. Seine Freude hielt an und er war fast beleidigt, als sie die letzte Strophe sangen und das Lied zu Ende ging. Stille kehrte ein. Die Gläubigen standen noch ein paar Sekunden ruhig da, dann löste Ludwig seine Hand aus der des Mannes und setzte sich wieder auf die Holzbank. Adelas Hand ließ er nicht los. Sie sah ihm fragend in die Augen. Er lächelte sie innig an, führte die Hand an seinen Mund und bedeckte ihren Handrücken mit einem zarten Kuss. So wie er es früher bei seiner Frau getan hatte und sie bei ihm. Ludwig konnte irgendwie nicht anders. Es fühlte sich richtig an. Adelas grüne Augen leuchteten. Noch immer hielt Ludwig ihre Hand und er wusste, er würde sie nie wieder loslassen. Allenfalls im Äußeren, aber nie wieder in seinem Herzen.

Am Schluss der Messe forderte der Pfarrer die Gläubigen noch einmal auf, sich zu erheben. Wieder ging der Deckenleuchter aus und gemeinsam sangen sie das Weihnachtslied der Weihnachtslieder: „Stille Nacht, heilige Nacht". Ludwig und Adelas Finger blieben ineinander verschlungen. Für Ludwig war endlich Weihnachten.

24

Adela und Ludwig verließen die Kirche als einer der letzten. Sie hatten in der Kapelle kein Wort miteinander gewechselt. Nur über ihre Hände und Blicke hatten sie miteinander gesprochen. Als sie das Gotteshaus verließen, standen noch einige Menschen auf dem Platz vor der Kapelle. Sie plauderten miteinander und wünschten sich frohe Weihnachten. Die ersten Autos wurden gestartet und fuhren los. Ludwig und Adela standen unschlüssig vor Adelas Wagen.

„Ich würde gerne zu Fuß ins Hotel gehen", gestand er ihr.

„Wer sagt, dass ich dich überhaupt mitnehmen würde? Schließlich hast du mir ja vorhin einen Korb gegeben."

Ludwig betrachtete sie entschuldigend. Er hielt nach wie vor Adelas Hand.

„Verzeih mir! Ich habe mich wohl unklar ausgedrückt. Ich würde gerne mit dir gemeinsam zu Fuß zum Hotel gehen. Es würde mir sehr viel bedeuten."

Adela zuckte die Schultern und blickte zu ihrem Auto.

„Theodor wird mir das zwar nie verzeihen, wenn ich ihn einfach in der finsteren Nacht und Kälte zurücklasse. Aber sehr gerne."

Sie schlenderten nebeneinander die Straße entlang. Nur Adela und Ludwig schienen um diese späte Stunde unterwegs zu sein. Irgendwann hatten sie die Hände voneinander gelöst. Es war eiskalt, aber Ludwig fühlte eine anhaltende Wärme in seinem Herzen wie schon lange nicht mehr. Es gefiel ihm, einfach dahin zu wandern. Adela hatte ihre Hände in den Mantel gesteckt. Nach ein paar Minuten setzte sie eine rote Wollmütze auf, die ihr ausgezeichnet stand. Ludwig trug seine Ohrenklappenkappe. Adela hatte sie mit einem schalkhaften Ausdruck begutachtet, gab aber sonst kein Urteil ab. Ihre Schritte waren knarzend auf dem Schnee zu hören. Ludwig gingen viele Gedanken durch den Kopf. Seine Tochter kam ihm in den Sinn, ebenso seine Frau und seine Enkel. Sie waren Blitzlichter in seinen Gedanken. Er hielt sie nicht fest und ließ sie weiterziehen. Ludwig wollte Adela küssen, wagte es aber nicht.

„Deine Tochter hat dich also im Hotel überrascht", brach Adela das Schweigen.

„Genau. Ich war nicht besonders erfreut darüber, doch ich wollte deswegen nicht mit ihr streiten. Sie hat sich wohl mit deinem Mann abgesprochen."

Adela schmunzelte, soweit es Ludwig erkennen konnte.

„Wir werden heute gemeinsam zu Abend essen. Sie wollen die Therme in Gmünd besuchen. Und was ist mit deinem Mann?"

„Er wird heute abreisen. Es wird Zeit für ihn, den Tatsachen entgegen zu blicken.“

„Das fällt Männern nicht immer leicht“, gab Ludwig offen zu. Er dachte an Rosalinde, die sicher wütend auf ihn war. Auf das Gespräch mit ihr würde er gerne verzichten, aber er wollte sich der Situation stellen. Er ergriff Adelas Hände und zog sie an sich. Ihre Gesichter waren nur mehr wenige Zentimeter voneinander entfernt. Sie sahen sich lange in die Augen. Ludwig presste seine Lippen sanft gegen ihre. Ihre Zungen spielten behutsam miteinander. Ludwig genoss es, aber Adela löste sich. Ludwig ließ sie instinktiv los. Sie gingen einige Meter wortlos nebeneinander, ehe die Musikerin stehen blieb und sich zu ihm drehte.

„Weshalb hast du mich vorher abgewiesen?“, fragte sie mit klarer Stimme.

„Ich weiß es nicht genau. Wahrscheinlich habe ich einfach nur Angst. Denn eigentlich wollte ich nur den Tod meiner Frau betrauern. Dann bist du mir im Gasthaus aufgefallen und hast mich beschäftigt. Im Hotel haben wir uns zum Glück wieder gesehen. Der Ausflug nach Zwettl, der schöne Spaziergang und dein Mann. Von meinen Stürzen ganz zu schweigen. Meine Tochter taucht plötzlich auf. Schon ein wenig viel für zwei Tage. Soviel ist mir im letzten halben Jahr nicht passiert.“

„Wahrscheinlich hattest du ein paar Abenteuer nötig.“

„Möglicherweise. Aber ich möchte nicht, dass du ein Abenteuer bleibst."

Er blickte Adela eindringlich in die Augen, beugte sich zu ihr und küsste sie leidenschaftlich.

Bevor sie den Hoteleingang erreichten, hielt Ludwig noch einmal inne. Er rang mit sich, ob er Adela fragen sollte, aber es lag ihm auf dem Herzen.

„Schläfst du heute bei deinem Mann in deinem Hotelzimmer?"

Adela drehte den Kopf zu ihm und schaute ihn ruhig an.

„Würde es dich stören?"

Ludwig wunderte sich über die Frage.

„Natürlich hätte ich etwas dagegen. Wie würdest du in meiner Situation reagieren?"

„Mein Mann ist betrunken und schläft tief. Wir sind erwachsene Menschen. Wir teilen uns nur ein Zimmer. Mehr nicht."

Adelas sprach bestimmt. Sie ließ sich nicht gerne bevormunden, das war Ludwig schon mehrfach aufgefallen. Ludwigs Gesichtsausdruck sprach Bände.

„Hast du kein Vertrauen zu mir?", fügte Adela hinzu. Ludwig nickte.

„Doch, das habe ich. Ich möchte dir keine Vorschreibungen machen. Es ist deine Entscheidung. Ich kann es ohnehin nicht verhindern, wenn du deinen Mann oder Ex-Mann wieder siehst."

„Ich werde ihn später sicher irgendwann wiedersehen. Heute kann ich nicht anders. Deine Tochter hat das letzte Zimmer bekommen. Das Hotel ist ausgebucht. Und in meinem Auto kann ich bei der Kälte nicht schlafen. Außerdem steht es ja bei der Kirche."

„Du kannst bei mir schlafen", entgegnete Ludwig wie aus der Pistole geschossen. Überrumpelte er Adela damit nicht? Sie musterte ihn amüsiert.

„Vor zwei Stunden hast du mich noch abserviert und jetzt kann es dir gar nicht schnell genug gehen, mich in dein Zimmer zu locken. Ludwig, du bist wirklich ein schlimmer Finger. Als du an der Kabinenwand um Hilfe gerufen hast, habe ich mir das gar nicht vorstellen können."

Zum Glück sah Adela nicht, wie Ludwig rot anlief.

„Ich … es … es tut mir … Ich wollte nicht …", stotterte Ludwig herum. Seine Wangen waren gewiss schon feuerrot. Und heiß.

„Entschuldige, Adela. Du hast recht, das wäre alles viel zu schnell. Ich wollte dir nicht zu nahe treten."

„Schade", antwortete Adela. Der Spott in ihrer Stimme war nicht zu überhören. Ludwig schaute sie verblüfft an. Diese Frau verwirrte ihn.

„Was bedeutet das jetzt wieder?", fragte Ludwig überfordert.

„Ich würde gerne bei dir im Zimmer schlafen. Was soll es sonst heißen?"

„Aber du hast doch vorhin gesagt …"

„Eine Frau sagt viel. Du solltest es nicht auf eine Waagschale legen und vor allem nicht so schnell aufgeben …“

„Du kommst also mit auf mein Zimmer?“, wollte Ludwig wissen. Sein Herz galoppierte in seiner Brust. Er hatte noch immer nicht entschieden, ob dies eine gute Idee war oder nicht. Nun war es zu spät, zu kneifen.

„Unter gewissen Voraussetzungen“, begann Adela. Sie hatte einen strengen Ton auf den Lippen. Ludwig blickte gespannt zu ihr. Mit Forderungen hatte er nicht gerechnet.

„Ich darf meine Kleidung anbehalten. Notfalls sogar meinen Mantel.“

Ludwig nickte.

„Wir liegen nebeneinander. Mehr nicht.“

„Das wird mir schwer fallen, aber natürlich beuge ich mich deinen Bedingungen.“

„Sehr gut. Falls du schnarchst, darf ich dich aufwecken.“

Wiederum nickte Ludwig. Er schnarchte normalerweise nur, wenn er Alkohol getrunken hatte. Er hatte zwar den ganzen Tag über viel getrunken, aber die nächtliche Wanderung und die Christmette hatten ihn ausgenüchtert. Er rechnete also nicht damit.

„Und meine letzte Bedingung. Wir frühstücken gemeinsam im Bett. Ich möchte mich nicht wie eine Affäre aus dem Zimmer stehlen.“

„Mit deinen Forderungen kann ich leben. Ich habe viel strengere erwartet. Weshalb willst du auf dem Zimmer mit mir frühstücken? Wir hätten ja auch im Frühstückssaal etwas essen können. Ist es wegen deinem Mann?"

„Genau. Ich möchte in Ruhe mit dir frühstücken, und nicht plötzlich von ihm überrascht werden. Später muss ich ihn ohnehin aus meinem Zimmer schmeißen. Außerdem wird es dir auch nicht recht sein, wenn uns deine Tochter miteinander sieht."

Ludwig schaute Adela fasziniert an. Es wäre ihm wirklich unangenehm, wenn seine Tochter ihn mit Adela ertappen würde. Besonders, da ja Rosalinde gestern in sein Hotelzimmer stolziert war und für Gemunkel gesorgt hatte. Adela würde er seiner Tochter bei einer besseren Gelegenheit vorstellen. Nicht in diesem Hotel und erst in ein paar Monaten. Seine Tochter würde es sonst nicht verstehen und Adela nicht wohlwollend gegenüber treten. Das kümmerte Ludwig nicht weiter. Er war viel zu aufgeregt, weil Adela bald mit ihm im Bett liegen würde. Hatte er sein Zimmer aufgeräumt, bevor er weggegangen war? Konnte er Adela seine Unordnung zumuten? Ja, natürlich. Er war ohnehin kein Chaot und mochte es nicht, wenn viele Sachen herumlagen. Überhaupt, was sollten schon wieder diese Selbstzweifel? Er hatte doch vor sich zu ändern. Adela mochte ihn. Nur das zählte. Sie wollte mit ihm eine Nacht verbringen. In über dreißig Jahren war es die zweite

Frau, mit der er eine gemeinsame Nacht im Bett verbrachte. Panik befiel ihn, wenn er nur daran dachte, mit Adela alleine im Zimmer zu sein. Seltsam. Er hatte immer gedacht, im Alter würde er gelassener mit vielen Situationen umgehen. Beruflich gelang es ihm auch, aber in Gesellschaft von Adela war er meilenweit davon entfernt. Ob es ihr ähnlich ging? Ludwig schob seine Bedenken wie einen Kasten, der im Weg stand, zur Seite. Adela und er hatten das Hotel erreicht. In fünf Minuten würden sie alleine in Ludwigs Zimmer sein. Nun gab es kein Zurück mehr.

25

Ludwig schloss hinter Adela die Zimmertür. Sie blieb im Vorraum stehen. Er forderte sie mit einer Handbewegung auf, weiter zu kommen. Ludwig zog seinen Mantel aus und hängte ihn auf einen Garderobenhaken. Seine Ohrenklappenmütze warf er auf die Kommode. Die Musikerin trug noch ihren Mantel, ihren Schal und ihre Mütze und sah sich um. Ihr Blick strich über das Doppelbett und weiter zu Bücher und Zeitschriften, die auf dem Nachtkästchen lagen. Daneben stach Adela der Schutzengel in die Augen.

„Nimmst du den auf alle Reisen mit? Er hat dich in den letzten Tagen wohl im Stich gelassen?"

„Ich habe ihn erst vor ein paar Stunden von meiner Tochter geschenkt bekommen. Seitdem wirkt er, wie ich finde. Sonst wärst du wohl nicht hier. Darf ich?"

Adela verstand und schlüpfte aus ihrem Mantel. Ludwig hängt ihn neben seinen. Die Harfenistin stieg aus ihren Schuhen, zog sich die Mütze vom Kopf und wickelte den Schal ab. Beide Kleidungsstücke reichte sie Ludwig, der sie neben seine Kappe legte. Seine Hände zitterten dabei. Er war ebenso nervös wie Adela. Er bemerkte es an ihrer Stimme. Sie standen sich gegenüber.

„Ja. Nun wären wir da."

„Ja."

„Soll ich eine Flasche Wein bestellen? Oder plündern wir die Minibar?"

Adela schüttelte den Kopf. Ludwig war froh, er hatte auch keinen Gusto mehr auf Wein.

„Ich würde mich aber gerne ein wenig frisch machen."

Ludwig eilte auf die Badezimmertür zu und öffnete sie. Er verbeugte sich wie ein Diener und wies ihr mit der anderen Hand den Weg.

„Bitte, Madame. Wann darf ich wieder mit Ihnen rechnen? So in einer Stunde?"

„Um Himmels willen. Eine Runderneuerung ist zum Glück noch nicht notwendig. Es wird also nicht lange dauern."

Adela schloss die Tür hinter sich. Ludwig dimmte das Zimmerlicht. Ja, nun war es viel gemütlicher. Er setzte sich auf den Ohrensessel und schlüpfte aus seinen Schuhen. Aus dem Bad hört er Wasser laufen. Er roch Adelas Parfüm im Zimmer. Er blieb stehen und sog es in die Nase. Er mochte es. Es roch fruchtiger als das seiner Frau. Er war erleichtert, dass die Musikerin ein anderes benutzte. Adela war keine Kopie von ihr und sollte auf keinen Fall eine sein. Es war ungewohnt, eine fremde Frau in seinem Bad zu haben. Hatte er nicht alles nur geträumt? War die Krankheit, seine Frau und ihr Tod nicht einfach nur eine Illusion? Würde sie nicht jeden Moment aus dem Bad kommen, ihren weißen Bademantel tragen, den sie auf Reisen immer trug, ihn anlächeln und sich als Erste in ihrem Negligé ins Bett legen. So wie in all den Jahren. Nein, alles hatte sich verändert. Nun stand Adela im Bad. Zum ersten Mal und es war aufregend anders. Er stellte seine Schuhe neben die von Adela. Da er noch sein Sakko trug, zog er es aus und hängte es auf einen Kleiderbügel. Sollte er sich schon ins Bett legen? Im Hemd? Mit oder ohne Anzughose? Nur in Shorts. Auf alle Fälle ohne Socken. Er musste unerwartet schmunzeln, worüber man sich Gedanken machte, wenn man mit einer Frau in einem Hotelzimmer war. Seltsam. Er zog den Vorhang zu, setzte sich in den Ohrensessel und wartete. Gewissermaßen hörte er auf jedes Geräusch von Adela. Die Lüftung überdeckte aber die meisten. So bekam Ludwig nur mit, als sie den Wasserhahn abdrehte. Dann wurde die Tür geöffnet und Adela stand in ihrem roten Kleid vor ihm. Sie lächelte ihn ruhig an. Ludwig erhob sich. Adela wies ihn mit der Hand an, sitzen zu bleiben.

„Danke, ich lege mich gleich ins Bett."

Ludwig sah sie überrascht an. Adela warf ihm einen koketten Blick zu.

„Oder muss ich auf dem Ohrensessel schlafen?"

„Natürlich nicht. Ich bin ein wenig aus der Übung."

„Gerade das finde ich charmant."

Ludwig trat einen Schritt zur Seite. Adela blieb einfach vor dem Doppelbett stehen und blickte Ludwig fragend an.

„Du schläfst also links?"

„Zumindest habe ich hier auf dieser Seite geschlafen. Und du?"

„Dann schlaf ich rechts? Passt das für dich?"

„Ja, klar."

Ludwig stand noch immer wie angewurzelt da. Er beobachtete Adela, die auf die rechte Bettseite zuging. Sie spürte Ludwigs Blick.

„Alles okay?"

„Ja. Natürlich. Verzeih. Ich gehe auch ins Bad. Mich frisch machen."

Adela setzte sich auf die rechte Betthälfte und wippte ein wenig. Ludwig beobachtete sie, während er auf die Tür zuging. Dann begann sie ihre dunklen Strümpfe auszuziehen. Ludwig trat ins Bad und schloss die Tür hinter sich. Er wusch sich sein Gesicht mit kaltem Wasser. Im Bad fiel die Anspannung von Ludwig ein wenig ab. Adela im Zimmer gefiel ihm. Er mochte Frauen, die spontan waren. Er sinnierte, ob Adela auf ihre Bedingungen bestehen oder sie auflockern würde. Mit einem erwartungsvollen Lächeln auf den Lippen drehte er den Wasserhahn ab und verließ das Badezimmer. Das Deckenlicht im Zimmer war abgeschaltet. Nur die Nachttischlampe auf seiner Seite brannte. Adela lag in ihre Bettdecke eingewickelt da. Ihr Kleid war über die Lehne des Ohrensessels gebreitet. Dies verunsicherte Ludwig, er hatte nicht damit gerechnet, dass Adela sich halbnackt ins Bett legte. Sie drehte sich zu ihm. Sie tastete ihn mit ihren Blicken ab. Es war herrlich unbehaglich.

Viele Fragen gingen ihm durch den Kopf. Sollte er die Hose und sein Hemd ausziehen? Vor Adela? Oder sollte er noch einmal ins Bad gehen? Warum war er auf einmal so unsicher. Und so verdammt schüchtern? Gewiss, er hatte nicht mehr den athletischen Körper von früher. Seine Brusthaare waren im Lauf der Zeit nicht weniger geworden. Vom Abrasieren hielt er nicht viel, außerdem war es ihm zu mühsam. Seine Frau hatten sie nicht gestört. Jedenfalls hatte sie nichts gesagt. Viele Männer rasierten sich auch die Schamhaare. Die Frauen von heute verlangten dies, hatte er in diversen Frauenmagazinen gelesen. Dort stand allerdings auch sehr viel Schwachsinn. Dennoch fragte sich Ludwig, wie Adela darüber dachte? Früher hätte er sich nie darüber Gedanken gemacht. Er hätte sich nackt vor ihr ausgezogen und wäre zu ihr ins Bett gestürmt. Heute plante er jeden Schritt. Er setzte sich aufs Bett und knöpfte sein Hemd auf. Adela sah ihm zu. Er trug ein schwarzes T-Shirt darunter. Das Hemd schleuderte er einfach auf den Ohrensessel. Er drehte sich zu Adela um.

„Darf ich das Licht abdrehen? Du machst mich nervös."

„Nein, darfst du nicht. Das ist ja gerade das Schöne."

Ihr provokantes Lächeln ging in ein zärtliches über, das Ludwig Sicherheit gab. Er zog sich seine Socken aus. Da der Verband auf seiner rechten Zehe verschmutzt war, streifte er ihn mit seinen Fingern ab. Sie war noch angeschwollen und leuchtete blau und gelb. Danach schlüpfte er aus seiner Anzughose und legte sie auf den Ohrensessel. Er saß nun in seiner blauweiß karierten Short und seinem T-Shirt auf dem Bett. An seinem linken Oberschenkel entdeckte er einen blauen Fleck. Er fixierte Adela, schlug die Decke auf, kroch unter sie und drehte sich zu ihr. Ihre Augen fanden sich, aber Ludwig hielt Abstand.

„Darf ich jetzt das Licht abdrehen?"

Adela nickte. Ludwig streckte sich und drückte den Knopf der Nachttischlampe. Gleich darauf ging das Licht aus. Ludwigs Augen benötigen ein paar Sekunden bis sie sich an die Dunkelheit gewöhnten. Endlich konnte er Umrisse im Zimmer erkennen. Er hörte Adelas leisen Atem. Hatte sie die Augen geschlossen? Oder sah sie ihn an? Er konnte darüber nur spekulieren. Er drehte sich auf den Rücken und lag mit offenen Augen da. Er war sehr müde, doch zu aufgewühlt, um zu schlafen. Ein seltsamer Zustand. Adela lag regungslos neben ihm. Etwa vierzig Zentimeter von ihm entfernt. Dazwischen befand sich auch noch der Spalt zwischen den Matratzen. Wie eine unüberwindbare Schlucht. Noch. Sollte er sie küssen? Wartete sie darauf? Er spürte, wie ihn dieses Spiel erregte. Kein Wunder. Adela lag halbnackt neben ihn. Sie war eine atemberaubende Frau. Ludwig konnte nicht länger schweigen.

„Als Kind hat mein Vater zu Weihnachten einmal einen lebendigen Karpfen gekauft. Wir haben die Badewanne mit Wasser gefüllt und den Fisch darin schwimmen lassen. Ich war damals fünf Jahre alt. Ich habe mit ihm gespielt, ihn gestreichelt. Umso entsetzter war ich, als mein Vater den Karpfen aus dem Wasser genommen hat und mit ihm in der Küche verschwunden ist. Mein Bruder und ich wussten, dass er den Fisch töten, ausnehmen und in schmale Hufeisen schneiden würde. Meine Mutter hat die Hufeisenstücke dann paniert. Aber weder mein Bruder, ich, noch meine Mutter haben ein Stück angerührt. Nur mein Vater hat davon gegessen. Seitdem hat es bei uns zu Weihnachten nie wieder Karpfen gegeben."

Ludwig hörte, wie Adela Luft durch die Nase einzog, da sie lachte.

„Du liegst mit mir im Bett und kommst auf eine Karpfengeschichte? Wirklich sehr anregend. Nun liegt das schuppige Tier mit uns im Bett."

„Ich wollten nur das Schweigen unterbrechen."

„Das war kein Schweigen. Vielmehr ein Herantasten. Es hat mir gefallen."

„Dann habe ich es wohl vermasselt. Ich weiß nicht, wie ich es wieder –."

„Sei still, Ludwig!"

„Ich lass mir aber nicht gerne –„

„Pssscht!"

Adelas Finger legten sich auf Ludwigs Mund und er verstummte schlagartig. Sie hob seine Decke und schmiegt sich an ihn. Er spürte den Spitzenstoff ihres

BHs an seinem T-Shirt. Ihre üppigen Brüste pressten gegen seine Rippen. Er legte einen Arm um Adelas nackte Hüfte und drückte sie fest an sich. Sie hauchte ihm einen Kuss auf den Mund. Ihr Körper war heiß. Ludwigs Atem wurde schneller. Sie keilte ihre Beine zwischen seine. Ihre Körper rieben sich aneinander. Sein Atem raste. Eine Woge des Verlangens durchfuhr seinen Körper. Sein Penis war steif und Ludwig war sich sicher, dass Adela dies durch seine Short an ihrem Schenkel spüren konnte. Lange konnte er sich nicht mehr unter Kontrolle halten. Adela ging es wohl ähnlich, denn sie löste sich aus der Umklammerung seiner Beine und legte sich neben ihn.

„Wir haben noch genug Zeit dafür."

„Du bist hinterhältig. Zuerst verstößt du gegen die eigenen Regeln, deutest an, mich zu verführen und dann kneifst du."

Er hörte wie Adela erheitert Luft ausstieß. Ludwig liebkoste mit seiner rechten Hand ihre Hüfte. Er spürte den Saum ihres Slips. Am liebsten wären seine Finger darin verschwunden. Stattdessen beugte er sich vor und küsste sie auf die Wange.

„Danke!"

„Wofür?"

„Dass du da bist. Dass ich mich in die Toilette eingesperrt habe. Dass du im Hotel Harfe gespielt hast. Und dass du in die Kirche gekommen bist."

Adela drehte sich zur Seite. Sie hatte ihre Beine abgewinkelt. Ludwig legte sich hinter sie. Er schmiegte sich eng an sie und umarmte sie mit einer Hand. Adelas Haar kitzelte in seiner Nase. Sie rochen gut. Nach Adela. Er blies sie sachte weg. Sie ließ es geschehen, nahm seine Hand und hielt sie unter ihren Brüsten verschränkt.

„Ich wünsche dir eine gute Nacht."

„Dir auch. Träume schön."

„Von dir."

„Und ich von dir."

„Dieses Weihnachten werde ich nie vergessen."

„Ich auch nicht. Aber ich bin müde."

„Ich weiß."

„Ich wache über dich."

„Danke."

Adela schloss die Augen. Ludwig lag still da. Wenige Minuten später hört er nur mehr ihren regelmäßigen Atem.

26

Ludwig löste seine Hand aus ihrer. Ihr Atem setzte kurz aus, verlief aber nach ein paar Sekunden wieder regelmäßig. Ludwig zog die Tuchent bis zum Nabel. Die Kühle tat ihm gut. Adela schien nichts von alledem mitzubekommen. Ludwig hatte vergeblich versucht einzuschlafen. Vorsichtig kroch er von der Musikerin weg, dabei zog er ihr die Bettdecke vom Körper. Er breitete sie wieder liebevoll über sie. Sie atmete ruhig weiter. Er stand leise auf. Seit dem Tod seiner Frau wachte er regelmäßig in der Nacht auf. Gewöhnlich dauerte es eine halbe Stunde, bis er wieder einschlafen konnte. Er zog den Vorhang lautlos auf. Der Teich war in der Nacht durchgehend beleuchtet. Kein Mensch war draußen zu sehen. Kein Wunder. Es war schon nach drei Uhr.

Ludwig legte sich wieder ins Bett. Adela war auf seine Seite gerutscht und er spürte ihren Hintern durch die Decke. Er freute sich schon darauf, mit ihr zu schlafen. Da fiel ihm ein, dass er Adela gar nicht gefragt hatte, wie lange sie im Hotel blieb. Plötzlich seufzte die Musikerin laut auf. Ludwig schreckte herum. War etwas passiert? Er stützte sich ab und kontrollierte, ob bei Adela alles in Ordnung war. Ihr Atem verlief regelmäßig. Wahrscheinlich hatte sie geträumt. Ludwig hatte dieser Seufzer aber alarmiert. Zu sehr erinnerte ihn jeder Seufzer an seine Frau. An die letzten Monate. Sie hatte fünfzehn Jahre mit der Krankheit gelebt. Zwei Jahre hatte sie Ludwig gepflegt. Seine Tochter hatte ihm ein halbes Jahr vor ihrem Tod angeboten, eine 24 Stunden-Pflegerin zu organisieren. Sie hätte vierzehn Tage bei ihnen gewohnt und sich mit einer anderen Pflegerin aus der Slowakei abgewechselt. Ludwig hatte sich gegen den Vorschlag gesträubt. Er wollte keine Fremde in seinem Haus. Heute würde er sich vielleicht anders entscheiden. Heute wusste er, wie sehr die Pflege eines Menschen an die Substanz gehen konnte. Er erinnerte sich aber auch, wie nahe sie diese intensive Betreuung einander gebracht hatte. Ihr Zustand hatte sich im letzten Jahr schubweise und unumkehrbar verändert. Sie war nicht mehr in der Lage gewesen, das Bett zu verlassen. Deshalb hatten sie beschlossen, ihr Pflegebett fortan im Wohnzimmer stehen zu lassen. Ludwig war anfangs dagegen, aber ihr Alltag hatte in diesem Raum stattgefunden. Er war körperlich nicht in der Lage, sie jeden Tag vom Schlafzimmer ins Wohnzimmer zu schieben und umgekehrt. Auf die Dauer wäre es zu beschwerlich gewesen. Nachdem sie von Tag zu Tag schwächer geworden war und sie kaum mehr Kraft zum Sprechen hatte, waren sie oft stundenlang im Wohnzimmer gesessen und hatten Händchen gehalten. Oftmals lief der Fernseher oder sie genossen die Stille und liebkosten ihre Finger. Eine Woche vor ihrem Tod hatte ihn seine Frau immer wieder aus dem Zimmer geschickt. Sie wollte alleine sein und wurde unwirsch, wenn er sich ihrem

Wunsch widersetzt hatte. Ihre Augen wirkten verklärt und sahen offensichtlich nicht mehr nur in diese Welt. Darüber hinaus hatte sie begonnen, mit ihrer toten Mutter zu sprechen. Er hatte sie kaum verstanden. Unentwegt hatte sie geflüstert. Als ob sie eine geheime Zauberformel murmelte, um das Tor ins Jenseits zu öffnen. Vereinzelt hatte er Wörter zuordnen können. Zeitweise war sie ansprechbar gewesen und reagierte auf Ludwigs Fragen, zeitweise lag sie mit offenen Augen nur apathisch da. Ruhig und erhaben. Als hätte sie mit der Welt bereits Frieden geschlossen. Als hätte sie bereits mit sich selbst Frieden geschlossen. Endlich. Ludwig hatte gespürt, dass es nicht mehr lange dauern würde. Ein paar Stunden, bevor sie starb, hatte sie einen langen Seufzer von sich gegeben. Es war kein Seufzer des Schmerzes, vielmehr ein Ausdruck unendlicher Erleichterung. Ludwig hatte angstvoll vor ihr gestanden, weil er dachte, dass sie litt. Als er erkannte, dass es nicht der Fall war, hatte er sich wieder beruhigt. Er hatte ihre Stirn und ihre Lippen mit einem feuchten Waschlappen abgewischt. Wenn er heute daran zurückdachte, kämpfte er mit den Tränen. Die Erinnerung zwang ihn in ein schweres, tiefes Schweigen. Kein Wort konnte ausdrücken, welche Hilflosigkeit, Verzweiflung und Niedergeschlagenheit er in diesen Momenten durchlitten hatte. Kein Wort konnte die tiefe Nähe, die endlose Zärtlichkeit und die Liebe beschreiben, die Ludwig in der schwersten Zeit seines Lebens für sie empfunden hatte.

Es war elf Minuten nach zehn am Vormittag, als sie starb. Ludwig war bei ihr am Bett gesessen und hatte gelesen. Seine Frau lag mit offenen Augen auf dem Rücken. Ihr Atem rasselte. Kurz zuvor hatte er mit einem Schnabelbecher noch ihre Lippen mit Wasser benetzt. Sie hatte kraftlos „Danke" gehaucht. Bewegungslos war sie mit abgewinkelten Beinen im Bett gelegen. Ludwig hatte seine Zeitschrift weggelegt und ihre Hand gehalten. Sie hatte ihren Kopf ein paar Zentimeter gehoben und Ludwigs Hand fest gedrückt. Gleich darauf sank sie wieder zurück in die Polster. Ihr Griff erschlaffte von einer Sekunde auf die andere. Auf ihrem Mund lag ein mildes Lächeln, ihre Augen starrten leblos ins Leere und ihr Atem erstarb. Auf einmal war es still im Zimmer. Der Himmel war wolkenlos. Ludwig hatte noch fünf Minuten ihre Hand gehalten. Erst dann war er schwerfällig aufgestanden, hatte ihre Hände über ihrem Bauch gekreuzt und mit seinen Fingern ihre Augen geschlossen. Er wagte nicht zu sprechen, um ihre Ruhe nicht zu stören. Er küsste sie auf den Mund. Ihre Lippen waren warm, als ob sie noch lebendig wäre. Benommen war er zum Fenster gegangen und hatte es geöffnet. Weshalb, hatte er sich später immer wieder gefragt. Wollte er der Seele seiner Frau den Fortgang erleichtern? Und dann war er gewankt. Wie ein einsames Boot bei hohem Wellengang. Zum Glück konnte er sich auf seinen Stuhl wie in einen sicheren Hafen retten. Draußen zwitscherten die Vögel. Er saß da und hatte ruhig seine Frau betrachtet. Völlig unspektakulär erschien ihm alles. Er hatte es noch nicht begriffen. Ganz unvermutet war ein Schmetterling auf das Fensterbrett geflattert und dort einen Augenblick sitzen geblieben. Ein Tagpfauenauge, dessen prächtiges, rotes Flügelkleid mit den vier Augen Mutter Natur in den sattesten Farben gezeichnet hatte. Ludwig hatte das Gefühl, Zeuge dabei zu sein, wie die Seele seiner Frau in den Falter übergegangen war. Denn alsbald war das Tagpfauenauge losgeflattert und Richtung Sonne in den Himmel getänzelt. So, als sei es seine Aufgabe, wie ein Fährmann der Lüfte die Seele seiner Frau bedachtsam in eine andere Welt irgendwo zwischen Himmel und Sonne zu geleiten. Ludwig war ruhig sitzen geblieben, hatte die warme Hand seiner Frau gehalten und dem Schmetterling so lange nachgeblickt, bis der kleine Punkt im Blau des Himmels verschwunden war. Dann war er plötzlich in heftiges Schluchzen ausgebrochen und weinte wie noch nie zuvor in seinem Leben. Als ob sich in seinem Inneren ein riesiger See aufgestaut hatte, der nun alle Dämme einriss. Wie lange, konnte er nicht mehr sagen. Es spielte auch keine Rolle. Nach einiger Zeit versiegten die Tränen. Er berührte seine Frau am Arm. Ihre Haut war merklich abgekühlt. Abrupt war er aufgestanden und hatte nach seinem Handy gegriffen. Mit bebender Hand hatte er die Nummer seiner Tochter gewählt und ihr erzählt, was geschehen war. Danach hatte alles seinen Lauf genommen. Alles schien wie immer, nur seine Frau war nicht mehr hier.

27

Als Ludwig am Christtag um neun Uhr erwachte, schaute er in die grünen Augen von Adela. Sie lag auf der Seite ihm zugewandt und betrachtete sein Gesicht.

„Guten Morgen! Wie lange beobachtest du mich schon?"

„Guten Morgen", antwortete sie und strich ihm sanft über seinen Oberarm.

„Etwa drei Stunden."

Ludwig schüttelte ungläubig seinen Kopf. Adela begann zu lachen.

„Drei Minuten. Höchstens."

„Und hast du gut geschlafen?", wollte Ludwig wissen.

„Wie ein Murmeltier. Und du?"

„So la la. Ich konnte nicht gleich einschlafen."

Adela beugte sich zu ihm und küsste ihn. Ludwigs Hand strich über ihren Rücken. Die Musikerin entzog sich ihm und rückte ein Stück weg. Sie zeichnete mit ihrer Hand die Konturen seines Gesichtes nach.

„Hungrig?"

„Sehr", antwortete Ludwig und fixierte lüstern ihre Brüste. Adela warf ihm einen amüsierten Blick zu.

„Ich werde ein Frühstück bestellen. Hast du einen speziellen Wunsch?"

„Kaffee und zwei Eier im Glas. Sonst verlasse ich mich auf deinen vorzüglichen Geschmack."

„Du wirst es nicht bereuen."

Adela setzte sich aufs Bett, schob die Bettdecke zur Seite und stand auf. Ludwig ließ die Augen nicht von ihr. Sie stand in ihrer violetten Spitzen Unterwäsche mit dem Rücken zu ihm. Sie besaß ihre weiblichen Rundungen an den richtigen Stellen. Ludwig mochte keine Bohnenstangen. Der Harfenistin war bewusst, dass Ludwig sie beobachtete und sie schien es zu genießen. Sie drehte sich einmal um und bewegte ihre Beine lasziv. Ludwig fühlte, wie ihn dies erregte. Adela griff zum Telefonhörer und bestellte Eier, Kaffee, Käse, Rohschinken, Lachs, Obst, Avocado und noch weitere vorzügliche Speisen. Zufrieden legte sie auf und kam auf Ludwig zu.

„Das Frühstück kommt in einer Viertelstunde."

Sie fasste ihr Haar zu einem Pferdeschwanz und zog ein Haarband darüber. Als sie ihre Arme dabei abwinkelte, hoben sich ihre Brüste.

„Was machen wir solange?"

„Ich wüsste etwas", antwortete Ludwig.

„Typisch Mann."

Adela schüttelte vorwurfsvoll den Kopf.

„Ich mag jetzt nicht mit dir über deine Probleme reden", scherzte sie und kam verführerisch auf ihn zu. Ludwig hatte Lust, mit Adela zu schlafen. Er hatte schon über drei Jahre nicht mehr mit einer Frau geschlafen. Schnell kroch sie unter seine Decke. Ludwig drehte sie auf den Rücken und legte sich zwischen ihre Schenkel. Adela stöhnte leise, als er sich rhythmisch zwischen ihr bewegte. Ludwig küsste sie und begann ihren BH zu öffnen. Sie ließ es geschehen und beobachtete ihn dabei. Seine Frau hatte immer die Augen geschlossen. Plötzlich klopfte es an der Tür. Ludwig hielt inne. Adela und er warfen sich Blicke zu. Seine Tochter konnte es nicht sein, die traf er erst um halb zehn im Frühstückssaal.

„So schnell kann das Frühstück nicht fertig zubereitet sein. Erwartest du jemanden?" fragte er.

„Nur meinen Mann", lachte sie. Ludwig fand den Scherz nicht lustig und machte sich keine Mühe, es zu verbergen. Er war auf ihren Mann eifersüchtig, obwohl es natürlich lächerlich war.

„Keine Angst. Ich habe ihm deine Zimmernummer nicht verraten", lenkte Adela rasch ein. Ludwig reagierte nicht darauf.

„Das wird das Zimmermädchen sein. Mach einfach weiter. Die wird schon wieder gehen", flüsterte sie. Sie strich fordernd mit ihrer Hand über seine Brust. Ludwig begann sie zu küssen.

„Paps! Schläfst du noch?", hörte er plötzlich die Stimme seiner Tochter. Das durfte doch nicht wahr sein. Entwickelte sie sich zur gleichen Nervensäge wie Rosalinde?

„Das Zimmermädchen ist es nicht", stellte Ludwig genervt fest. Sofort ließ er von Adela ab. Den Morgensex konnte er sich abschminken.

„Wenn wir uns ganz ruhig verhalten, wird deine Tochter schon wieder abzischen", schlug Adela flüsternd vor.

„Du kennst meine Tochter nicht."

„Paps!"

Dann blieb es ruhig, aber Ludwig hatte keine Schritte gehört, die sich entfernten. Anna stand also noch immer vor der Tür.

„Was macht sie?", erkundigte sich Adela gedämpft. Sie hatte ein heiteres Grinsen auf den Lippen.

„Keine Ahnung. Irgendeinen Blödsinn halt."

Plötzlich begann sein Handy zu läuten.

„Ist sie immer so hartnäckig?"

Ludwig nickte und ließ das Handy läuten. Er fühlte sich ertappt. Seine Tochter hämmerte diesmal lauter gegen die Tür.

„Paps! Hallo! Geht es dir eh gut?"

Anna kannte seine Gewohnheiten. Sie wusste, dass Ludwig normalerweise früh aufstand und niemals sein Handy alleine zurücklassen würde. Sie würde keine Ruhe geben, bis er ein Lebenszeichen von sich gab.

„Anna?", stand Ludwig auf. Adela schaute ihm amüsiert nach. Er ging auf die Tür zu.

„Mir geht es gut. Ich habe heute länger als sonst geschlafen. Gibt es etwas Wichtiges?"

„Ich wollte noch einmal in Ruhe wegen gestern mit dir reden."

„Ich bin gerade erst aufgestanden. Warte in der Lobby auf mich. Ich komme gleich nach."

„Ist alles bei dir in Ordnung?"

„Ja. Wieso?"

„Hast du etwa Frühstück bestellt? Da kommt gerade ein Service-Mitarbeiter mit einem prall gefüllten Servierwagen. Ein wenig viel für einen."

Ludwig sah Adela hilflos an, die im Bett lag und sich vor Lachen auf ihren Daumen biss. Schön, dass wenigstens sie Spaß hatte, ärgerte sich Ludwig. Er spürte Schweißtropfen auf der Stirn.

„Du bist nicht alleine?"

„Nein."

Plötzlich legte sich ein tiefes Schweigen zwischen ihm und seine Tochter. Adela warf Ludwig einen fragenden Blick zu. Nun schien sie doch ein wenig aus der Fassung zu geraten. Ludwig schloss die Tür auf, ohne Adela zu fragen. Er hatte kapituliert und trat nun die Flucht nach vorne an. Hinter sich hörte er hektische Betriebsamkeit.

„Guten Morgen, Anna!"

Seine Tochter nickte ihm forschend zu und trat neugierig in den Vorraum. Noch konnte sie nicht zum Bett sehen. Ludwig stellte sich ihr in den Weg. Sie machte dem Service-Mitarbeiter Platz, der den Servierwagen ins Zimmer schob. Ludwig trat einen Schritt auf ihn zu.

„Ab jetzt übernehme ich. Herzlichen Dank! Anna, hast du ein wenig Kleingeld?"

„Was? Ach, ja."

Anna kramte in ihrer Tasche und hielt dem Mitarbeiter ein paar Euromünzen hin. Er bedankte sich, steckte sie ein und verließ das Zimmer. Anna schloss die Tür hinter ihm. Dann war es ruhig. Ludwig baute sich vor seiner Tochter auf und wollte sie um keinen Preis ins Zimmer lassen. Doch im Augenwinkel nahm er überrascht Adela wahr. Sie trug ihr rotes Kleid. Wie hatte sie es nur so schnell überziehen können? Ihre Strümpfe hatte sie nicht geschafft. Sie stand barfuß da.

„Anna, das ist Adela", stellte er sie vor. Er schaffte es kaum, seiner Tochter in die Augen zu schauen, so verlegen war er.

„Adela, das ist Anna, meine Tochter."

Anna musterte zuerst die Musikerin irritiert und sah dann ihren Vater fragend an.

„Sehr erfreut", begann Adela.

„Es tut mir leid, dass ich so hereinplatze", antwortete Anna. In ihrem Ton lag keine Spur von Bedauern.

„Weshalb tun Sie es dann?"

„Wie bitte?"

Anna war über Adelas Gegenfrage überrascht. Ihr rechter Mundwinkel zitterte angespannt.

„Weshalb brausen Sie dann einfach so ins Zimmer ihres Vaters? Wenn es Ihnen leid tun würde, hätten Sie es nicht getan", wiederholte Adela ruhig, aber bestimmt.

Diplomatie war wohl nicht ihre große Stärke. Ludwig sah sie ebenso verblüfft an wie seine Tochter.

„Ich habe mir Sorgen gemacht. Ich konnte doch nicht wissen …" Anna hielt irritiert inne.

„Adela ist Musikerin. Harfenistin", versuchte Ludwig die aufgeheizte Stimmung abzukühlen. Aber weder Anna noch Adela nahmen von ihm Notiz.

„Ich habe die Nacht mit ihrem Vater verbracht, weil ich ihn sehr mag. Eigentlich wollten wir gerade gemütlich frühstücken."

Annas verkrampfter Blick lockerte sich ein wenig. Adelas Offenheit schien ihr zu imponieren. Dennoch verlief dieses erste Aufeinandertreffen genauso, wie Ludwig es verhindern hatte wollen. Eine einzige Katastrophe.

„Anna, bitte geh hinunter in den Frühstücksraum. Wir reden später darüber."

Seine Tochter bewegte sich ebenso wie Adela keinen Zentimeter. Sie stemmte die Arme in die Hüften, so wie sie es schon als fünfjähriges Kind getan hatte, wenn sie mit einer Entscheidung unzufrieden war. Der Trotz in ihrem Gesicht war nicht zu übersehen.

„Bitte, Anna."

Erst jetzt wandte sich seine Tochter wieder ihm zu.

„Ich bin etwas überrascht von deinem Verhalten."

Ludwig sah seine Tochter offen an.

„Ich habe das alles nicht geplant, das kannst du mir glauben, Anna. Wir haben uns erst hier im Hotel kennen gelernt. Es ist einfach passiert."

Ludwig schenkte Adela einen herzerwärmenden Blick, dann drehte er sich wieder zu seiner Tochter.

„Ich möchte Adela in Zukunft noch oft treffen. Sehr oft."

Anna seufzte laut und zog den Rückzug an. Ludwig war überrascht, denn normalerweise gab seine Tochter nicht so schnell klein bei.

„Ok, Paps. Gib mir ein wenig Zeit. Es … es ist nur gerade ein wenig heftig. Ich warte unten auf dich."

„Ich werde noch mit Adela frühstücken und dann kommen."

Anna winkte schockiert ab, nickte Adela zu und verließ das Hotelzimmer. Sie schloss leise die Türe. Adela und Ludwig sahen sich verschworen an. Dann begannen sie gleichzeitig loszuprusten.

28

Adela und Ludwig schliefen nicht miteinander. Nach dem Frühstück ging die Musikerin und er nahm eine Dusche. Er zog sich an und stellte sich, während er sich den Gürtel zumachte, an die Balkontür. Es war bewölkt. Der Duft von Adela lag noch in der Luft. Eigentlich hätte er noch gerne mehr Zeit mit ihr verbracht, aber er hatte noch einige Sachen zu klären. Genauso wie sie. Adela wollte ihren Mann wegschicken und Ludwig mit seiner Tochter reden. Er schlüpfte in seine Schuhe und schnürte sich die Schuhbänder. Seine Zehe hatte er zuvor noch eingebunden. Sie kam ihm weniger geschwollen vor, aber wahrscheinlich bildete er sich dies nur ein. Als er die Tür hinter sich schloss, läutete plötzlich sein Handy. Er nahm den Anruf an und blieb im Gang stehen.

„Hallo Kurt! Frohe Weihnachten. Es tut mir leid, dass ich mich nicht früher bei dir gemeldet habe."

„Dir auch frohe Weihnachten, Ludwig. Ich habe gestern mit den Nachtschwestern gefeiert. Einmal etwas anderes auf der Intensivstation den „Heiligen Abend" zu verbringen. Viele Kabeln und Schläuche und andauernd diese nervenden Piep-Töne. Malventee statt Sekt. Dafür habe ich von den Nachtschwestern Küsse auf die Wangen bekommen. Ich sage es dir, die stehen auf mich. Und bei dir?"

„Eine Frau hat bei mir geschlafen."

„Wer? Doch nicht die Musikerin? Die ist ja verheiratet. Also doch deine Nachbarin? Diese Rosalinde. Was sich liebt, das neckt sich, habe ich es mir doch gedacht. Du schlimmer Finger", schrie Kurt aufgeregt ins Telefon.

Wie kam er bloß auf Rosalinde? Hatte er sie im letzten Telefonat erwähnt? Und woher wusste er ihren Namen?

„Nein, Gott behüte. Adela. Die Harfenistin."

Kurt benötigte ein paar Sekunden, um die Nachricht zu verdauen.

„Und ihr Ehemann? Ist er zwischen euch gelegen?"

„Sie hat sich vor einigen Monaten von ihm getrennt. Aber Anna hat mich vorhin im Bett mit ihr erwischt. Ein Wahnsinn."

Kurt stieß einen aufgeregten Schrei aus.

„Wow! Ludwig, bei dir geht es ja rund."

„Ja, unglaublich. Ich danke dir, dass du mich zu dieser Reise überredet hast. Sonst hätte ich Adela nie kennengelernt."

„Gern geschehen. Liebe Grüße unbekannterweise an deine Freundin."

„Jetzt muss ich noch ein paar Dinge klären. Ich habe sie schon viel zu lange aufgeschoben", erklärte Ludwig. Damit signalisierte er Kurt, dass er das Telefonat beenden wollte.

„Verstehe. Du wirst ja noch ein richtiger Draufgänger. Halte mich auf dem Laufenden. Ich erhole mich inzwischen noch ein bisschen. Was sollte ich auch sonst in dieser Anstalt tun?"

„Ich komme morgen nach Wien. Dann besuche ich dich am Abend."

„Ja. Unbedingt. Bis morgen. Und alles Gute."

Ludwig steckte sein Handy ein, fuhr mit dem Lift ins Erdgeschoß und durchquerte die Lobby auf dem Weg in den Frühstückssaal. Er sah seine Nachbarin schon aus der Ferne. Ihr Gesichtsausdruck wurde schlagartig ernst. Ballte sie ihre Fäuste? Nein, Ludwig hatte sich getäuscht. Sie trippelte in ihrem dunkelgrünen Kostüm zielstrebig auf ihn zu und spitzte abschätzig ihren Mund. Er spürte, wie sein Hals trocken wurde. Ludwig hatte sie verletzt und dafür wollte er sich entschuldigen.

„Rosalinde! Guten Morgen", begrüßte er sie betont freundlich. Er überraschte sie mit seiner gewinnenden Art. Zumindest redete er es sich ein.

„Du Rosalinde, wegen gestern –", fuhr er fort und setzte einen mitfühlenden Gesichtsausdruck auf. Patsch! Wie aus dem Nichts kam Rosalindes rechte Hand pfeilschnell auf ihn zu. Er spürte einen kurzen Schmerz an seiner linken Wange und zuckte mit dem Kopf zurück. Er hatte mit allem gerechnet, aber nicht, dass ihm Rosalinde Kutschera eine Ohrfeige verpassen würde. Er stierte sie verblüfft an.

„Spar dir deine Ausreden! Du hast mich wie eine Idiotin sitzen lassen! Noch dazu zu Weihnachten. Dafür gibt es keine Entschuldigung."

Ludwig machte eine beschwichtigende Geste. Rosalinde hob ihr Kinn stolz in die Höhe.

„Ich weiß, dass du von mir nichts wissen willst. Ich hätte mir nur gewünscht, dass du mit mir darüber sprichst. Ich bin ohnehin nicht aus dir schlau geworden."

„Es tut mir aufrichtig leid. Verzeih mir. Ich hätte ehrlich zu dir sein sollen."

Ludwig blickte Rosalinde treuherzig an. Die Entschuldigung kam aus tiefsten Herzen und seine Nachbarin erkannte das. Sie schürzte die Lippen.

„Anscheinend besitzt du doch noch eine Spur von Anstand. Deine Watsche hast du bekommen. Ich bin sonst nicht nachttragend. Reden wir nicht mehr darüber. Schließlich sind wir ja Nachbarn."

Ludwig atmete erleichtert auf. Im nächsten Moment musterte Rosalinde ihn kopfschüttelnd.

„Bei der heiligen Eulalia! Ich verstehe nur nicht, weshalb du zu Weihnachten ausgerechnet in dieses Hotel gekommen bist. Du hast ja gewusst, dass ich hier jedes Jahr feiere. Und ich dumme Kuh habe angenommen, dass du meinetwegen gekommen bist. Dein Freund, dieser Kurt, hat mir das letzte Mal, als ich ihn vor deiner Villa getroffen habe, versichert, dass du mich sehr schätzt. Und ich habe ihm lange und breit von diesem Hotel erzählt", erklärte Rosalinda ehrlich. Da ging Ludwig auf einmal ein Licht auf. Kurt hatte nicht zufällig dieses Hotel ausgewählt. Er wollte ihn mit seiner Nachbarin verkuppeln. Wie kam der bloß darauf? Er wusste doch, dass sie ihn nervte. Das würde er morgen in Ruhe mit ihm besprechen müssen. Ungeschoren würde sein bester Freund damit sicher nicht davonkommen. Er mochte es nicht, verkuppelt zu werden.

„Ich schätze dich auch. Als gute Nachbarin. Ich hab das Gefühl, Kurt hat ein Auge auf dich geworfen und mich nur als Vorwand benutzt", drehte Ludwig den Spieß um. Sollte sein bester Freund einmal spüren, wie es war, verkuppelt zu werden, wenn man es gar nicht wollte.

„Meinst du? Aha. Interessant. Dann war alles wohl ein großes Missverständnis. Dafür hat es bei Erika und Ewald gefunkt. Wenigstens eine kleine Weihnachtsromanze."

Nicht nur die, dachte Ludwig. Details wollte er seiner Nachbarin aber nicht auf die Nase binden. Rosalinde nickte ihm lässig zu, stolzierte an Ludwig vorbei und ließ ihn einfach stehen. Ludwig fasste sich mit der Hand an die Wange. Sie brannte noch ein wenig. Zweifellos hatte er diese Ohrfeige verdient. Er hegte sogar zum ersten Mal Bewunderung für seine Nachbarin. Sie war aufdringlich und neugierig, hatte aber auf ihre Art Stil. Glücklicherweise saß zu dem Zeitpunkt niemand in der Lobby. So hatte niemand den peinlichen Vorfall mitbekommen. Er ging rasch weiter. Bevor er den Speisesaal erreichte, begegnete ihm auch noch Hilde mit Mucki am Arm und Franziska. So strahlend hatte er Hilde noch nie gesehen. Sie lief Ludwig sogleich freudig entgegen. Franziska war ihr mit einem verschmitzten Lächeln auf den Fersen.

„Ludwig! Dir habe ich es noch nicht erzählt. Du kannst dir nicht vorstellen, was gestern am Abend passiert ist. Ein Wunder! Ein Weihnachtswunder! Ich werde Großmutter! Ja, du hast richtig gehört! Franziska bekommt ein Baby. Und ich dämliche Kuh habe nicht einmal mitbekommen, dass sie seit einem Jahr einen Freund hat."

Franziska nickte bestätigend. Nun verstand Ludwig, weshalb sie gestern Abend keinen Wein getrunken hatte. Sie war schwanger und hatte sich die gute Neuigkeit bis zum Weihnachtsabend aufgehoben. Trotz der Konflikte mit ihrer Mutter wollte sie ihr diesmal ein ganz besonderes Geschenk machen.

„Herzliche Gratulation, Franziska. Und natürlich der jungen Großmutter", freute sich Ludwig über die gute Neuigkeit. Der Tod eines Menschen und die Geburt eines Menschen waren unumstößliche Tatsachen. Hilde hatte ein breites Grinsen auf dem Gesicht. Franziska nahm die Glückwünsche frohgemut an. Er hoffte, dass sich die Mutter-Tochter-Beziehung durch das freudige Ereignis besserte.

„So ein Anlass muss natürlich gefeiert werden. Wenn du noch hier bleibst, bist du natürlich herzlich eingeladen. Heute um achtzehn Uhr in der Bar."

Ludwig bedankte sich für die Einladung. Er beglückwünschte Hilde und Franziska noch einmal und machte sich dann auf in den Frühstückssaal. Nach dieser frohen Nachricht war er bereit, sich die nächste Ohrfeige abzuholen. Diesmal von seiner Tochter. Und die würde viel heftiger ausfallen als die von Rosalinde. Davon war Ludwig überzeugt.

29

Sein Schwiegersohn Günter und die Kinder hatten sich runter zum Teich verzogen, als Ludwig im Frühstückssaal auftauchte. Anna wechselte zunächst kein Wort mit ihm. Es schien, als habe sich eine Eiswand zwischen sie geschoben. Ludwig kam sich vor wie ein Angeklagter, der auf das Urteil der Richterin wartete. Weit und breit war nicht einmal ein Pflichtverteidiger zu sehen. Er musste sich selbst verteidigen. Ludwig wollte die Eiswand zerschlagen. Natürlich benötigte er die Einwilligung seiner Tochter für eine Beziehung mit Adela nicht. Aber er liebte seine Tochter und wenn seine Familie einen Groll hegte, würde eine neue Beziehung schon zu Beginn unter einem schlechten Stern stehen. Das hatte Adela nicht verdient. Anna nahm einen Schluck von ihrem grünen Tee und schaute Ludwig lange an.

„Ich verstehe dich beim besten Willen nicht", begann sie endlich. Ihr säuerlicher Gesichtsausdruck ließ eine kräftige Kopfwäsche erahnen. Ludwig verschränkte seine Arme zum Schutz vor seiner Brust, um ihre Anschuldigungen schadlos überstehen zu können. Weshalb hatte er das Gefühl, sich rechtfertigen zu müssen?

„Du warst über dreißig Jahre mit Mama verheiratet. Ihr hattet eine tolle Beziehung. Du hast sie aufopferungsvoll gepflegt. Ich war sehr stolz auf dich und jetzt das."

Anna schüttelte verständnislos den Kopf und wandte sich ab von ihm. Sie rang nach den richtigen Worten.

„Bist du aus diesem Grund ins Waldviertel gefahren. Wolltest du deshalb allein Weihnachten feiern? Wegen der Frauen?"

Der Vorwurf verletzte Ludwig. Er war wütend, sehr wütend. Und enttäuscht, sehr enttäuscht. Dennoch bemühte er sich, ruhig zu reagieren. Er hatte genug davon, sich von seiner Tochter sagen zu lassen, was er tun sollte.

„Ich wollte mit Kurt Weihnachten in einem Hotel verbringen. Er hat mich zwar dazu überredet, aber ich hielt es für eine gute Idee. Die letzten Jahre haben mich viel Kraft gekostet und ich wollte Abstand gewinnen. Mehr steckt nicht dahinter. Adela habe ich zufällig kennengelernt."

„Ach, so. Und du springst sofort mit ihr ins Bett?"

„Na und? Wo liegt das Problem? Ich bin Witwer."

„Mama ist kaum unter der Erde und du ..."

Annas Stimme war laut geworden. Ludwig deutete warnend mit seinem Zeigefinger, um seine Tochter zum Schweigen zu bringen. Was bildete sie sich eigentlich ein?

Andere Hotelgäste drehten neugierig ihre Köpfe zu ihnen. Ludwig sah ihnen trotzig entgegen. Er hatte keine Lust mehr, sich darüber Gedanken zu machen, was andere dachten.

„Ja, da hast du recht. Sie ist erst acht Monate tot. Ich habe das nicht vergessen. Keine Angst. Ich denke jeden Tag daran. In unserem Haus gibt es viele Gegenstände, die mich an sie erinnern. Ich schlafe schlecht. Ich vermisse sie, aber ich bin auch froh, dass ihr Leiden ein Ende gefunden hat. Sie wollte nicht mehr. Sie hatte genug davon, in einem kranken Körper eingesperrt zu sein. Deshalb ist sie gegangen. Und ich bin ihr bis zuletzt beigestanden. So wie Alexander und du. Ich habe mir nichts vorzuwerfen. Ihr habt euch nichts vorzuwerfen. Wir haben getan, was wir konnten."

Ludwig hielt auf einmal inne. Seine Tochter blickte ihn gebannt an. Eine Träne kullerte über ihre Wange. Ludwig musste den Blick von ihr abwenden, um sich nicht anstecken zu lassen.

„Aber das Leben geht weiter. So ist das eben. Sie ist gegangen, ich bin noch da. Ich muss mein Leben neu ordnen. Das fällt mir nicht leicht, wie du dir sicher denken kannst. Aber ich werde es tun. Ich bin gerade dabei. Welche Rolle Adela darin spielt, weiß ich noch nicht. Aber ich mag sie."

„Papa, du kennst sie doch kaum. Sie ist deutlich jünger als du. Wer sagt denn, dass sie nicht nur deine Verletzlichkeit ausnützen will? Du bist ja derzeit in einem Extremzustand. Du wirkst auf mich irgendwie verloren, um nicht zu sagen orientierungslos. Sie scheint dies zu spüren. Menschen spüren so etwas."

Sie sprach nun mit einer leiseren Stimme, sodass die anderen Tischnachbarn nur Bruchstücke mitbekamen.

„Ich bin derzeit also ein leichtes Opfer. Und dement wohl auch schon? Soll ich mich gleich in ein Pflegeheim legen oder direkt in den Sarg? Wäre dir das am liebsten?"

Ludwig gestikulierte aufgebracht mit den Händen. Seine Tochter schüttelte vehement den Kopf.

„Nein. Natürlich nicht. Ich vergönne dir eine neue Liebe. Es … es ist nur. Weshalb muss alles so schnell gehen?"

Plötzlich versteinerte sich Annas Gesicht und sie starrte Ludwig an.

„Oder geht das zwischen dir und Adela schon länger? Viel länger?"

„Du willst wissen, ob sie meine Geliebte war? Das wird ja immer ungeheuerlicher. So denkst du über mich? Wozu hätte ich deine Mutter dann pflegen sollen? Es wäre viel leichter gewesen, wenn ich sie gleich ins Pflegeheim abgeschoben hätte. So ein Schwachsinn."

Ludwig war knapp davor, vor Wut zu zerspringen. Anna erkannte, dass sie zu weit gegangen war.

„Verzeih mir, Paps. Es tut mir leid. Ich wollte dich nicht beleidigen."

Ludwig legte seine Hände vor sich auf den Tisch. Die Entschuldigung versöhnte ihn ein wenig.

„Es ist dir aber vorzüglich gelungen."

Anna legt ihre Hand auf die ihres Vaters. Sie sah ihn entschuldigend an.

„Es ist dir wirklich ernst mit ihr?"

Ludwig nickte. Seine Tochter nahm wieder die Hand weg. Sie zupfte mit ihrem Zeigefinger ihre Unterlippe.

„Okay. Ich möchte sie aber jetzt nicht treffen. Noch nicht. Erst, wenn du einige Zeit mit ihr zusammen bist. Ich muss sehen, dass es ihr ernst ist. Aus ganzem Herzen ernst ist."

„Sie zieht nicht morgen bei mir ein und das Haus überschreibe ich ihr auch nicht."

Seine Tochter presste laut Luft aus. Sie saßen sich schweigend gegenüber. Ludwig nippte von seinem Kaffee. Seine Tochter trank wieder von ihrem Tee. Sie schien sich erst einmal mit den neuen Tatsachen anfreunden zu müssen und sah Ludwig geradeaus in die Augen.

„Es tut mir leid, Paps. Wir hätten nicht herkommen sollen. Ich hätte dich in Ruhe lassen und deine Entscheidung akzeptieren sollen. Wir werden nach der Therme nach Hause fahren. Dann hast du heute Nacht deine Ruhe."

Ludwig lächelte seine Tochter an. Sie würde es sich beim nächsten Mal zweimal überlegen, ob sie ihn bevormundete oder seine Entscheidung akzeptierte.

„Ich möchte, dass ihr hier bleibt. Wenn ihr schon da seid, essen wir wie jedes Jahr am Christtag gemeinsam miteinander. Ich freue mich schon darauf."

„Ich auch", antwortete Anna leise.

„Apropos Villa", begann Ludwig. „Für mich allein ist sie ja zu groß. Da habe ich mir gedacht, ihr könntet dort einziehen. Keine Angst, ich würde ausziehen, und mir eine Wohnung suchen. Oder, falls ihr nichts dagegen habt, in eure ziehen."

Anna sah Ludwig überrascht an. Für sie kam dieser Vorschlag unerwartet.

„Das muss ich noch mit Günter besprechen. Aber ich halte es für eine gute Idee. So ist dir und uns geholfen", fand seine Tochter.

Ludwig legt seine Hand auf die seiner Tochter und tätschelte sie liebevoll. Dann nahm er einen kräftigen Schluck von seinem Kaffee. Langsam schien sein Leben wieder in die richtigen Bahnen zu laufen. Das gab ihm für die kommenden Jahre Hoffnung.

30

Ludwig hatte mit Hilde und den anderen auf die Schwangerschaft mit einem Glas Sekt angestoßen. Anschließend fuhr er mit seiner Tochter und ihrer Familie in ein Restaurant nach Zwettl und aß gemeinsam mit ihnen zu Abend. Der Truthahn schmeckte vorzüglich und sie schwelgten in Erinnerungen an seine Frau. So war sie auf eine andere Art mit ihnen am Tisch gesessen. Sogar seine Enkelkinder hatten Anekdoten zum Besten gegeben. Er hatte vor Rührung geweint. Wieder hatte er diese bedingungslose Liebe zu seiner Familie gespürt. Das war das größte Weihnachtsgeschenk für ihn. Und er hatte sich vorgenommen, nächstes Jahr wieder gemeinsam mit ihnen zu feiern. Wer wusste schon, was in einem Jahr sein würde? Gegen zehn Uhr abends hatten sie sich im Hotel voneinander verabschiedet. Seine Tochter war mit ihrer Familie noch zum Teich gegangen, um eine nächtliche Schneeballschlacht zu veranstalten. Ludwig hatte sich in sein Zimmer zurückgezogen und eine Flasche Rotwein und einen Käseteller bestellt. Nun saß er gleichmütig in seinem Ohrensessel und sah gedankenverloren hinaus in die Dunkelheit. In wenigen Minuten würde Adela zu ihm kommen. Er freute sich aus ganzem Herzen darauf. Was immer der Abend bringen würde, für Ludwig fühlte es sich nach langer Zeit wieder richtig gut an.